Liebe, Lügen, Lichterglanz

ALEXANDRA FABISCH

Verlag:
Zeilenfluss Verlagsgesellschaft mbH
Werinherstr. 3
81541 München

Texte: Alexandra Fabisch
Cover: Zeilenfluss
Satz: Zeilenfluss
Korrektorat:
Johannes Eickhorst, Nadine Löhle - Goldfeder Texte

ISBN: 978-3-96714-362-1

Alexandra
Fabisch

Liebe, Lügen, Lichterglanz

ZEILENFLUSS

Prolog

Träume werden nicht wahr. Und wenn du es doch wagst, daran zu glauben, reißt dir die Explosion, wenn sie platzen, den Boden unter den Füßen weg.

Deshalb lasse ich das Träumen dort, wo es hingehört: in der Weihnachtszeit.

– Tagebuch von Luisa, dreizehn

Kapitel 1

6. Dezember vor zwanzig Jahren

Die Hand meines Vaters, noch schwach vom Schlaganfall, streicht liebevoll über die blankgeputzten Backformen. Unsere kleine Konditorei liegt im stillen Dunkel, draußen tanzen Schneeflocken im hellen Lichterglanz. Ich drehe das Türschild auf ›Geschlossen‹, ein allerletztes Mal. Die Endgültigkeit dieser Geste drückt mir die Luft ab. Meine Mutter schluchzt leise, ich höre ihre Träume bersten.

Die Konditorei war ihr Leben wie auch meines. Ich bin in dem kleinen Eckgeschäft mit der gemütlichen Backstube aufgewachsen, inmitten von Teigschüsseln und Vanilleduft. Meine Eltern hatten nie viel Zeit für mich, dafür umso mehr Liebe. Ich erinnere mich noch genau daran, wie ich mit meinem Vater zuckersüße Mäuse buk. Mit Zipfelmütze, Stiefeln und Jutesack. Ich durfte das Schnäuzchen und die Ohren mit Schokolade verzieren. Obendrauf kamen bunte Streusel. Exakt so hatte ich sie skizziert, die Zutaten sorgfältig berechnet und meine Eigenkreation dann meinen Eltern vorgestellt: die Nikomäuse. Sie waren der Renner! Besonders die Kinder liebten sie, allen voran mein Bruder und ich.

Ich hatte eine schöne Kindheit. Doch die ist jetzt vorbei.

Der Druck auf meiner Brust wird unerträglich, es ist, als würde ich zusammen mit der Konditorei begraben. Gedankenverloren streiche ich über das glatte Holz des Verkaufstresens, an dem ich oft gesessen und gemalt habe. In den letzten Monaten stand ich jeden Nachmittag dahinter und half meiner Mutter, während mein Vater in der Reha wieder laufen lernte. Sein Schlaganfall hat uns alle hart getroffen. Das Hoffen und Bangen um sein Leben, dazu die Arbeit in Laden und Backstube. Meine Mutter hat in dieser Zeit kaum eine Nacht geschlafen, bis heute nicht. Im letzten Licht des Tages sieht sie aus wie ein Schatten, der kurz davor ist, sich gänzlich aufzulösen. Mein Vater nimmt sie in den Arm, mit dem anderen stützt er sich auf seinen Gehstock. Ich spüre, wie groß ihre Liebe ist. Gleichzeitig sehen die beiden so zerbrechlich aus. Mein Herz läuft über, Tränen rinnen heiß meine Wangen hinunter.

Ich wische sie weg und richte mich auf.

Von nun an muss ich die Starke sein. Ich werde meine Familie unterstützen, für sie da sein, wo ich kann, für immer.

Mein Bruder stürmt zur Tür herein, eiskalte Winterluft fegt durch den Laden. Ich atme tief durch und fange den kleinen Wirbelwind auf.

»Hey, du Weihnachtswichtel!« Ich bremse ihn und zupfe die rote Pudelmütze von seinem Kopf. Seit ich denken kann, passe ich auf Tom auf, spiele mit ihm und halte ihn von den Sorgen der Großen fern. Er ist nur drei Jahre jünger als ich, aber heute fühlt es sich an, als lägen Welten zwischen uns. Ich bin über Nacht erwachsen geworden.

Obwohl mir nicht danach ist, setze ich ein unbeschwertes Lächeln auf und kitzele ihn mit der nassen Bommel an der Nase.

»Lass das!«, beschwert er sich. Seine blauen Augen glänzen hell wie Sterne, ein untrügliches Zeichen dafür, dass er aufregende Neuigkeiten hat, die er sofort erzählen muss.

»Ich weiß jetzt, was ich mir zu Weihnachten wünsche: Ein Offroad-Skateboard!«, platzt er prompt heraus. »Die Dinger sind ultracool.«

Und teuer. Das weiß ich von meiner Freundin, sie hat so eins.

»Das geht nicht«, sage ich leise und hoffe, dass meine Eltern es nicht hören.

»Aber es ist mein einziger Wunsch«, protestiert Tom.

»Er ist zu groß.«

»Wir schauen mal, okay?«, sagt meine Mutter und klingt dabei noch bedrückter als zuvor.

Tom nickt unsicher. Er spürt, dass etwas nicht stimmt. Freiwillig geht er hoch in unsere Wohnung, um Hausaufgaben zu machen. Dass wir umziehen werden, weiß er noch nicht. Ich habe Angst, wie er darauf reagieren wird. Ich selbst habe zwei Nächte durchgeweint, jetzt habe ich es akzeptiert. Was habe ich auch für eine Wahl? Man kann sich im Leben nicht alles aussuchen, sagt meine Mutter – viel zu oft in letzter Zeit. Die Resignation in ihrer Stimme macht mich fertig. Ich wünsche mir so sehr, dass sie wieder glücklich ist. Nur, wie soll das gehen?

Morgen kommt der Makler, er hat eine ebenerdige, behindertengerechte Wohnung nicht weit von hier gefunden. Im Tausch gegen unser Zuhause.

Eine Welle der Verzweiflung erfasst mich. Alles ist kaputt. Nichts wird mehr sein, wie es war.

Mein Blick fällt auf den Lichterbaum, der auf dem Platz vor unserem Haus steht. Kinder fangen Schneeflocken mit ihren Zungen, der Duft geschmolzener Schokolade zieht aus der Backstube zu mir herüber. Meine Mutter kocht Trostkakao, dunkel und süß, mit Sahne und Streuseln.

Nicht alles wird sich ändern, denke ich. Weihnachten bleibt. Eine Zeit der Träume.

Und ich werde dafür sorgen, dass sie wahr werden.

Das Telefon klingelt, es ist meine Freundin. Sie möchte sich mit mir und ein paar anderen auf dem Weihnachtsmarkt treffen. Ich sage ihr ab. Denn ich will mir einen Job suchen. Tom wird sein Skateboard bekommen. Und meine Eltern neue Hoffnung.

Kapitel 2

6. Dezember, heute

Es ist kurz vor sieben. Schneeregen klatscht gegen das Fenster, im Radio laufen Weihnachtssongs. Ich singe leise mit, während ich meine schulterlangen Locken hochstecke. Sie sind schokobraun wie meine Augen. Die Lippen schminke ich weihnachtsapfelrot. Übermütig schmeiße ich meinem Spiegelbild einen Luftkuss zu. Die Schneeflocken-Stecker an meinen Ohren glitzern im Lichterkettenschein. Jetzt fehlt nur noch die Bluse mit dem Zuckerstangen-Print.

Meine Weihnachtsliebe ist ungebrochen. Es ist eine magische Zeit, in der alles möglich scheint.

Natürlich ist mir klar, dass Wünsche sich nicht von selbst erfüllen. Man muss hart dafür arbeiten. Und realistisch bleiben.

In den vergangenen Jahren konnte ich viele kleine Träume für meine Familie verwirklichen. Ein Auslandssemester für meinen Bruder Tom, ein komfortables Auto für meine Eltern, einen Urlaub in der Sonne für uns alle.

Heute, endlich, wird mein eigener großer Weihnachtswunsch wahr, heute ist mein erster Arbeitstag bei *Nikolaus &*

Sohn, der Traditionsfirma für handgefertigte Weihnachtsartikel. Ich werde ab jetzt jeden Tag, das ganze Jahr über, Weihnachten feiern. Ist das nicht traumhaft?

Ganz so romantisch ist mein Job natürlich nicht, ich bin für die internationale Strategie des Unternehmens zuständig. Ein typischer Managerposten, recht nüchtern und vor allem zahlenlastig. Trotzdem wird es etwas ganz Besonderes sein, sich um niedliche Holzengel und opulente Christbaumkugeln zu kümmern.

Seit ich ein Kind bin, kann ich vom Weihnachtszauber einfach nicht genug bekommen. Ich bin verrückt nach Kerzenschein und Tannengrün, Märchenfilmen und Lebkuchenherzen. Und weil ich die schönste Zeit des Jahres seit meinem Abschluss in Betriebswirtschaftslehre meist in unpersönlichen Büroräumen verbracht habe, fange ich schon im August mit der Adventszeit an. Ich backe Haselnussplätzchen und dekoriere meine Dachgeschosswohnung mit Leuchtsternen und Glitzerkugeln. Damit ich in den wenigen Stunden zuhause ganz viel Weihnachtsatmosphäre tanken kann.

Aber in diesem Jahr wird alles anders. Kein nerviges Herumreisen zu Klienten, keine Übernachtungen in monotonen Hotelzimmern. Ich kann mich abends nach der Arbeit auf meiner geliebten Couch einkuscheln, romantische Serien gucken und heißen Kakao schlürfen. Und tags kümmere ich mich um süße Weihnachtswichtel und Schneeflocken aus Stroh. *Nikolaus & Sohn* steht seit über hundert Jahren für hochwertige Weihnachtsdekoration, und ich werde ab heute Teil dieser Erfolgsgeschichte sein. Luisa West, die neue rechte Hand der Geschäftsführung, bestehend aus Kornelius Nikolaus, dem Senior, und Ben Nikolaus, seinem Sohn. Zunächst für sechs Monate. Der Seniorchef schenkt einem nichts, nicht mal die Probezeit. Bin gespannt, wie ich mit ihm zurechtkomme. Er wirkt etwas direktiv, diplomatisch ausgedrückt. Seinen Sohn habe ich noch nicht kennengelernt, er war bei meinem Bewerbungsgespräch nicht da. Hoffentlich kommt er nach seiner Mutter.

Jedenfalls, wenn es gut läuft, gibt es eine feste Anstellung und das ganze Jahr über Weihnachten für mich. Ich darf es bloß nicht vermasseln.

Aber was soll schon passieren? Ich bin ein Vollprofi, darum habe ich den Job auch bekommen.

»Lasst uns froh und munter sein«, summe ich in meine Kaffeetasse, nehme einen letzten Schluck, stelle sie beiseite und streife meinen Mantel über. Er ist nagelneu, ein sündhaft teures Schmuckstück, das ich mir zum Jobantritt gegönnt habe. Wie eine Prinzessin auf dem Weg zur Hochzeit schreite ich in den jungen Morgen.

Normalerweise nehme ich den kürzesten Weg zur Arbeit und erledige nebenher erste Telefonate. Zeit ist kostbar, die Uhr läuft schnell. Wer mithalten will, muss Gas geben.

Heute jedoch genehmige ich mir einen Abstecher in die Bäckerei. Die Zimtschnecke schmeckt himmlisch, fast wie die meiner Mutter. Ich genieße den saftigen Teig, den Lichterglanz in den Schaufenstern, und danke dem Universum dafür, dass *Nikolaus & Sohn* expandieren wollen.

Als ich den Firmensitz, ein Fachwerkhaus mitten in der Altstadt, erreiche, bekomme ich Herzklopfen. Ehrfürchtig betrachte ich den Messingweihnachtsmann über dem Eingang. Wie oft bin ich hier vorbeispaziert und habe gehofft, dass irgendwann ein passendes Stellenangebot für mich dabei ist. Immer wieder habe ich die Webseite durchstöbert, ohne

Erfolg. Doch dann, vor vier Wochen, ich buk gerade Vanillekipferl, kam die E-Mail von einem Headhunter.

Am liebsten hätte ich meinem Lebenslauf einen selbstgebastelten Weihnachtsengel beigefügt. Stattdessen habe ich alle Daumen und sogar die Großzehen gedrückt, dass sie sich für mich entscheiden. Was soll ich sagen: Es hat geklappt! Und jetzt stehe ich hier. Meine Hand zittert etwas, als ich die kunstvoll verzierte Klinke drücke und die schwere, alte Holztür aufschiebe.

Jetzt wackeln sogar meine Knie, ich bin aufgeregt wie vor meinem allerersten Date. Dabei berate ich seit Jahren börsennotierte Unternehmen, *Nikolaus & Sohn* gehören bisher nicht dazu, noch nicht. Ich werde das ändern. Deshalb bin ich hier.

»Willkommen«, begrüßt mich eine rundliche Frau am Empfangstresen und stellt sich mir mit Vornamen vor – sie heißt Petra. Ihr Lächeln ist warmherzig, an ihren Ohren baumeln kleine Christbaumkugeln. Wir sind auf einer Wellenlänge, das lässt mich aufatmen.

Petra, ich schätze sie auf Ende Fünfzig, zeigt mir die Garderobe und führt mich dann herum. Sie ist meine Ansprechpartnerin für Geschäftsreisen, von denen ich möglichst wenig machen will, sie organisiert Firmenevents und hilft im Sekretariat aus.

»Es gibt eine Menge zu tun«, sagt sie, während wir aus dem Fahrstuhl steigen. »Der Chef kann es kaum erwarten, dass Sie loslegen.«

»Geht mir genauso«, erwidere ich und sauge die besondere Atmosphäre des Gebäudes auf. Fast komme ich mir vor wie in einem Museum. In dezent beleuchteten Vitrinen stehen Kurrenden und Holzpyramiden, jede für sich ein Kunstwerk. Ich kann mich an den zartgoldenen Engelsflügeln und niedlichen Eichhörnchen nicht sattsehen. Ein Seufzer des Entzückens kommt mir über die Lippen. Das wird das beste Weihnachten aller Zeiten! Und es wird nie enden.

Wenn ich es schaffe, die Umsätze zu verdoppeln.

Plötzlich werde ich nervös. Ob es mir wohl gelingt?

Bisher habe ich Versicherungen, Energieerzeuger, Hautpflegeunternehmen und eine Wurstfabrik beraten. Ich liebe meinen Beruf und bin gut darin. Kreativ, zielstrebig und durchsetzungsstark, so werde ich von meinen Klienten oft beschrieben. Kurz: Ich schaffe Probleme aus der Welt, die sonst keiner anpacken mag.

Nur, kann ich das auch, wenn das Produkt *Weihnachten* heißt? Ist es möglich, Besinnlichkeit und Nächstenliebe mit Gewinnmargen und Marktanteilen zu vereinen?

Zwar bin ich keine große Kirchgängerin, aber Weihnachten ist nicht irgendein Fest, es ist heilig. Für mich ist es eine Insel im rauen Meer des Seins, ein Zufluchtsort, in dem alles warm und watteweich ist. Ich weiß, ich bin in diesem Punkt hoffnungslos verträumt.

Besser, ich mache mir darüber nicht allzu viele Gedanken. Produkt ist Produkt. Ob nun Wurst oder Weihnachtsengel. Und der Engel von *Nikolaus & Sohn* wird auf der Spitze eines jeden Baumes sitzen, dafür werde ich sorgen.

»Bevor es losgeht, trinken wir eine heiße Schokolade. Was meinst du?«, unterbricht Petra meine Überlegungen.

Damit bin ich sehr einverstanden.

Wir nehmen den Durchgang zum Innenhof. Er ist überdacht, in der Mitte steht ein Christbaum, drum herum naturbelassene Holzbänke und ein Stand wie auf dem

Weihnachtsmarkt. Meine Augen beginnen zu leuchten: Sieht das herzig aus!

»Zwei Kakao mit Kardamom und Sahne«, bestellt Petra.

Ich kann mein Glück kaum fassen.

»Himmel auf Erden, ist der gut«, entfährt es mir, als ich den ersten Schluck nehme. Ich steuere eine der Holzbänke an, um diese Köstlichkeit in Ruhe zu genießen, aber Petra möchte mir rasch noch mein Büro zeigen, bevor ich zum ersten Meeting mit dem Senior muss. Also schlendern wir zurück ins Hauptgebäude und rauf in die Chefetage.

»Hier ist es.« Petra deutet auf einen Raum mit der Bezeichnung ›2.4., Besprechung‹. Zeitgleich öffnet sich eine Tür am Ende des Gangs.

»Denk über meinen Vorschlag nach. Lizenzprodukte sind beliebt, vor allem bei den Kindern. Ben wird mir da zustimmen«, säuselt eine Stimme. Sie gehört einer rothaarigen Schönheit, die kurz darauf an uns vorbeirauscht, stoppt, sich gekonnt auf ihren hochhackigen Schuhen umdreht und mich mit ihren eisblauen Augen von oben bis unten mustert. Ihr Blick bleibt an meiner Zuckerstangenbluse hängen, eine Augenbraue hebt sich, ihr Mund verzieht sich spöttisch, offensichtlich hält sie mich für verkitscht und folglich inkompetent.

Das fängt ja gut an. Ich ignoriere diese nonverbale Ohrfeige und setze ein professionelles Lächeln auf. Sie erwidert es nicht.

Petra räuspert sich. »Darf ich vorstellen: Luisa West, unsere neue Strategieexpertin. Luisa, das ist …«

»Ann-Kristin von Unna«, fällt der Rotschopf Petra ins Wort. »PR und Marketing.«

»Freut mich«, lüge ich und reiche ihr die Hand. Sie nimmt

sie nur flüchtig und deutet dann mit ihrem makellos manikürten Zeigefinger auf meinen Kakaobecher.

»An Ihrer Stelle würde ich als Erstes diese Schokolade abschaffen. Überflüssige Kosten und Kalorien.«

»Vielen Dank für die Anregung«, erwidere ich kühl. Ich bin es gewohnt, dass jeder und jede eine Meinung hat, was zu tun ist. Meist ohne Faktenbasis. Darauf lasse ich mich nicht ein. »Ich mache mir gern selbst ein Bild –«

Petra fällt mir hitzig ins Wort, ihre Wangen glühen: »Den Kakaostand hat Firmengründer Wilhelm Nikolaus eingeführt. Diese Tradition kann man nicht einfach wegrationalisieren!«

Ich lege ihr beruhigend die Hand auf den Arm, ich habe nicht vor, die Schokolade zu streichen. Ebenso wenig wie Arbeitsplätze.

Das gehört aber nicht in ein Flurgespräch, schon gar nicht, bevor ich überhaupt angefangen habe, meine Arbeitsfelder zu erkunden.

Doch Ann-Kristin lässt nicht locker. »Mit Gefühlsduselei gehen wir im globalen Markt unter, Petra. Am Ende hast du weder Kakao noch einen Job.« Ihre makellosen Zähne blitzen, sie erinnert mich an eine Raubkatze, die mit einer Maus spielt, kurz bevor sie sie verschlingt.

Ich lege mich fest: Ich mag sie nicht. Demonstrativ trinke ich einen großen Schluck Schokolade und springe Petra bei: »Sie werden mir jedoch zustimmen, Frau von Unna, dass ein gutes Betriebsklima und die Identifikation mit dem Unternehmen und seinen Werten die Basis für gesundes und nachhaltiges Wachstum sind.«

»Bravo. Genau das ist es, was wir wollen!«, antwortet statt Ann-Kristin eine feste Stimme hinter ihr. Sie gehört einem großen Mann mit kantigen Schultern und grauem Kurzhaarschnitt. Akkurater Seitenscheitel, eckige Brille, Maßanzug: Nikolaus senior. Er lächelt charmant, sein Blick jedoch ist hart. »Frau West, wunderbar. Ich schlage vor, Sie kommen gleich zu mir.« Er hält mir die Tür auf.

»Gern«, erwidere ich und verabschiede mich von Ann-Kristin mit einem Lächeln, das wohl eher einem Zähnefletschen gleicht. Meine neue ›Lieblingskollegin‹ macht ein missbilligendes Geräusch.

Nikolaus senior räuspert sich. Es klingt wie ein Befehl. Er ist offenbar ein Mann, der gewohnt ist, dass man tut, was er sagt. Und zwar sofort. Das sehe ich an den Kiefern, die er ungeduldig aufeinanderpresst, weil ich immer noch nicht in seinem Büro sitze.

Ich lasse ihn nicht länger warten. Er bietet mir einen Ledersessel an, in dem ich versinke, als säße ich auf einem Marshmallow.

»Wie ich sehe, haben Sie die Cafeteria schon kennengelernt«, stellt er fest. Sein Tonfall ist nicht wohlwollend.

Unauffällig stelle ich den Kakaobecher weg. Ich fühle mich wie ein Schulkind, das vom Direktor beim Schwänzen erwischt wurde. Mit Nikolaus senior zusammenzuarbeiten, wird kein Zuckerschlecken.

»Sie wissen, warum ich Sie eingestellt habe?«, fährt er ohne Umschweife fort.

Ja, ich nicke, schlage meine Beine übereinander und bemühe mich um eine souveräne Ausstrahlung. Offenbar habe ich mich von meiner Weihnachtsvorfreude etwas zu sehr mitreißen lassen. Ab sofort bin ich aber voll im Arbeitsmodus. Nur weil es sich um Weihnachtsartikel handelt, verhält sich der Markt nicht romantisch, das ist mir klar. Trotzdem werde ich versuchen, den Kakao aus etwaigen Sparplänen rauszuhalten. Schon allein wegen Petra, und ein klein bisschen auch wegen mir. Der Gewinn an Arbeitsqualität dürfte die Kosten bei weitem übersteigen.

»Wir brauchen frischen Wind in den Turbinen, moderne Konzepte, mehr Gewinn«, fasst mein neuer Chef zusammen, was alle Geschäftsführer wollen.

Ich erinnere mich an das Vorstellungsgespräch mit ihm und rattere ein paar Fakten aus dem Gedächtnis herunter. Dazu bringe ich einige innovative Ideen an und erkläre, wie ich vorgehen will. Ich bin gut vorbereitet, das ist mein Markenzeichen.

Während ich rede, steht er am Fenster und blickt auf den Marktplatz unter ihm. Ab und an nickt er, mit einem Teil seiner Gedanken scheint er aber weit weg zu sein.

Als ich bei neuen Vertriebsstrategien angelangt bin, meldet sich sein Smartphone. Er wirft einen Blick darauf, wird rot und zischt dann: »Das darf doch nicht wahr sein!« Wütend tippt er eine Nummer ein. »Wer hat diesen Termin zugesagt?«, brüllt er, sobald die Verbindung steht.

Ich verhalte mich derweil unauffällig und warte auf ein Zeichen, ob ich bleiben soll oder entlassen bin.

Doch nichts geschieht.

Nikolaus senior scheint meine Anwesenheit völlig vergessen zu haben. Nachdem er mehrere Runden um seinen Schreibtisch herumgetigert ist und dabei offenbar erfahren hat, dass man da nichts machen kann, legt er auf und fährt sich mit der Hand über das Gesicht. Er atmet schwer. Die lila Flecken auf seinen Wangen gefallen mir nicht. Ich biete ihm von dem Wasser an, das für Besucher bereitsteht. Erst jetzt nimmt er mich wieder wahr.

Gedankenversunken nimmt er das Glas entgegen, trinkt jedoch nicht. Einen ungemütlichen Moment lang fixiert er mich. Dann sagt er etwas, das ich nicht verstehe.

»Pardon?«

»Sie müssen meinen Sohn finden!«

Ich habe mich also nicht verhört. Kapieren tue ich dennoch nichts.

»Ihren Sohn finden?«, wiederhole ich perplex.

Kornelius Nikolaus wirft mir einen scharfen Blick zu. Ich beschließe, kein weiteres Mal nachzufragen. Stattdessen konzentriere ich mich darauf, Ruhe zu bewahren und behutsam herauszufinden, um was es hier eigentlich geht.

»Wo hält sich ihr Sohn denn derzeit auf?«

»Wenn ich das nur wüsste«, murmelt er, zieht eine Schreibtischschublade auf und holt einen Ausdruck hervor. »Das ist der einzige Hinweis zu seinem möglichen Aufenthaltsort, den wir haben.« Er drückt mir das Papier in die Hand.

Es ist ein Kontoauszug. Eine Abbuchung über 95,23 Euro, getätigt am 1. November dieses Jahres, wurde hervorgehoben. Empfänger ist eine Tankstelle in einem Örtchen namens Moorbach, von dem ich noch nie gehört habe.

»Das liegt in Sachsen, an der Grenze zu Tschechien«, klärt der Senior mich auf.

Okay, irgendjemand, vermeintlich Ben Nikolaus, der Juniorchef, hat im Nirgendwo getankt. Die Transaktion ist über einen Monat alt. Er wird sicher nicht mehr an der Zapfsäule stehen und darauf warten, dass ihn jemand abholt. Unschlüssig halte ich den Ausdruck in den Händen.

»Was erwarten Sie von mir?«

»Sie machen sich sofort auf den Weg und bringen meinen Sohn hierher zurück«, bestimmt mein neuer Chef.

Wie bitte?

Gestik und Mimik nach zu urteilen bin ich mir zwar sicher, dass er nicht scherzt. Ernst nehmen kann ich seine Aussage dennoch nicht. Ben Nikolaus ist kein Kind mehr. Und ich bin weder Detektivin noch Babysitterin.

»Bei allem Respekt, aber ich bezweifle, dass ich für diese Art von Aufgabe die richtige Qualifikation mitbringe.«

Eine scharfe Falte schneidet zwischen die dominanten Augenbrauen meines Gegenübers. Das sieht nicht gut für mich aus.

»Das Einzige, was Sie brauchen, ist etwas gesunden Menschenverstand. Und den haben Sie doch?« Er blickt mich stechend an.

Was kann ich anderes tun, als zu nicken?

»Fein. Sie sind ab heute meine rechte Hand, ich zähle auf Sie. Suchen Sie meinen Sohn, das hat oberste Priorität.« *Und keine Widerrede*, sagen seine stahlgrauen Augen. »Überflüssig zu erwähnen, dass ich maximale Diskretion in dieser Angelegenheit erwarte.«

Ich sacke zusammen. Die Zuckerstangen auf meiner Bluse sehen plötzlich wie Fragezeichen aus. Vieles hatte ich mir von meinem ersten Arbeitstag erhofft, einiges gefürchtet, aber damit habe ich nicht gerechnet.

Kann ich mich weigern? Natürlich. Aber dann bin ich mit Sicherheit den Job los. Und das will ich nicht.

»In genau einer Woche kommen unsere zukünftigen Geschäftspartner aus New York. *Home & deco*, Marktführer für Wohnaccessoires in den USA, kennen Sie bestimmt«, spricht Nikolaus senior weiter. »Das ist eine Riesenchance für uns, den amerikanischen Markt zu erobern. Ben darf als mein Nachfolger bei dem Meeting nicht fehlen.«

War ich bis eben nur überrumpelt, bin ich jetzt überfahren. Ich schnappe hörbar nach Luft: *Nikolaus & Sohn* sind bereits mitten in Verhandlungen mit den Amerikanern? Davon wusste ich nichts. Ich kenne weder die Vertragspartner noch die Konditionen. So kann ich nicht arbeiten. Ich brauche alle Unterlagen, ich muss an meinen Laptop. Und nicht zu einem versumpften, mückenverseuchten Wassergraben – oder was auch immer Moorbach sein mag.

»Können wir ihn nicht anrufen? Oder ihm eine dringliche Mail schicken? Irgendwie muss er doch erreichbar sein!«

Mein letzter verzweifelter Versuch, den verlorenen Sohn nicht persönlich aufspüren zu müssen, scheitert.

»Wenn das so einfach wäre, würden wir dieses unerfreuliche Gespräch nicht führen«, erwidert Nikolaus senior. Ein bitterer Zug liegt um seinen Mund. »Ben hat sich eine ›Auszeit‹ unbestimmter Dauer genommen. Offline.« Er betont das zynisch, geradezu verächtlich. Als wäre es eine Ungeheuerlichkeit.

Ganz unrecht hat er nicht. Kein normaler Arbeitnehmer kann es sich leisten, einfach so abzutauchen, ohne seine Angelegenheiten vorher zu regeln. Ben Nikolaus nimmt sich die Freiheit. Privilegierter Unternehmersohn eben. Wobei ich mir nicht vorstellen kann, dass sein Vater bei der Erziehung Samthandschuhe getragen hat.

»Wie auch immer, ich erwarte Sie und Ben spätestens am Dreizehnten, vor zwölf Uhr.« Punkt. Er pocht mit dem Zeigefinger auf den mächtigen Schreibtisch, der vermutlich seit Firmengründung hier steht. Dann wendet er sich seinem Rechner zu. Ich bin entlassen.

Wie in Zeitlupe erhebe ich mich und gehe. Mein Winterweihnachtstraum ist geplatzt, es ist der reinste Horror. Statt bei einer schönen Tasse Kardamomkakao smarte Konzepte zu erarbeiten, werde ich auf zugigen Bahnhöfen stehen und in Tankstellen herumschnüffeln. Ich könnte heulen vor Frust.

Sobald ich aus der Höhle des Löwen raus bin, stürme ich ins nächste Bad, bevor jemand meine Enttäuschung sehen kann. Mein Spiegelbild gibt mir den Rest. Ich trage einen lächerlichen Kakaoschnauzer. Womit habe ich das bloß verdient?

Kapitel 3

Immer noch 6. Dezember, kurz vor Mitternacht

Seit Stunden schon packe ich meinen Koffer. Ein und wieder aus. Ich fühle mich betrogen. Selbst wenn man meine Weihnachtsverliebtheit außen vor lässt, sind solch absurden Aufgaben nicht Teil meines Stellenprofils.

Trotzig schmeiße ich meine Schneesternsocken quer durch den Raum. Und hole sie kurz darauf wieder hinter dem Schrank hervor. Nur, um sie wütend zu zerquetschen.

Warum muss immer alles so schwierig und anstrengend sein?

Dass das Leben kein Wunschkonzert ist, weiß ich. Ich habe stets meine Hausaufgaben gemacht, war fleißig, habe hart gearbeitet, bin keine Risiken eingegangen. Habe ich es nicht verdient, dass mir einfach mal etwas geschenkt wird?

»Das ist nicht fair!« Ich schmeiße mich aufs Bett, triefend vor Selbstmitleid, und warte drauf, dass ich darin versinke, bis die Sonne wieder lacht.

Aber dafür bin ich nicht der Typ, ich kümmere mich um meine Angelegenheiten selbst. Wer sonst sollte es für mich tun?

Also los, Luisa, du bist weit gekommen! Wirf die Chance, das ganze Jahr über Weihnachten feiern zu dürfen, nicht weg!

Mühsam raffe ich mich auf, stopfe die Socken in den Koffer und falte meinen Rentierpulli. Wenn ich schon verreisen muss, dann nehme ich wenigstens ein Stück Weihnachten mit.

Ob Nikolaus junior mich in niedlichem Rotnasenhirschstrick auch ernst nimmt? Vielleicht sollte ich etwas Seriöseres tragen, Polizeiuniform zum Beispiel.

Ha. Ha.

Sarkasmus hilft mir leider auch nicht. Ich atme gegen die aufkommende Wut an.

Kurz bevor ich meinen Koffer erneut auskippe, klingelt mein Handy. ›Jingle Bells‹ tönt es heiter durch den Flur, mir zerfetzt das fröhliche Gebimmel den letzten Nerv.

Gereizt gehe ich ran.

»Ist da das Sekretariat von Knecht Ruprecht?«, meldet mein Bruder sich.

»Witzig.«

»Wie war dein erster Tag als Weihnachtswichtel?«, stichelt er weiter. Er liebt es, mich zu provozieren. Es ist eine Art Spiel unter uns. Wer am Ende den lustigsten Konter bringt, hat gewonnen. Aber heute ist mir nicht nach Lachen zumute.

»Frag nicht«, seufze ich und gleite entkräftet an der Wand herunter, bis ich zum Sitzen komme. Dann erzähle ich ihm alles. Mein Bruder versteht mich. Zwar ist er kein Riesenweihnachtsfan wie ich. Er kann mit all dem Glitzer und den großen Gefühlen nicht viel anfangen. Seinethalben könnte es an Heiligabend auch Pizza und Punkbier geben, ganz pragmatisch. Aber er hat ein warmes Herz und ist gut darin,

Probleme zu verursachen und zu lösen. Darum bin ich gespannt, was er zu all dem meint.

»Sieh es als Abenteuer«, sagt er, als ich geendet habe.

»Aber ich will kein Abenteuer! Bei sowas bekommt man nur Mückenstiche, Blasen an den Füßen und regennasse Klamotten. Ich hatte vor, meinen neuen Job zu feiern, und nicht –«

»Echt?«, unterbricht er mich. »Mit wem? Und warum bin ich nicht eingeladen?«

»Na ja, also ...« Eigentlich war mein Plan, mich auf der Couch einzumummeln, Schokolade zu naschen und einen Liebesfilm zu schauen. Allein. Für Freunde hatte ich in den vergangenen Jahren keine Zeit. Ich war ständig unterwegs, hatte viel zu tun, oft bis spät in die Nacht hinein.

»Hast du etwa ein Date?«, hakt mein Bruder nach, als ich nicht weiterrede.

»Nein«, brumme ich zurück. Das Gespräch nimmt eine unangenehme Wendung. Mein letztes Date – ist das wirklich schon ein Jahr her? – hat sich über meine Schneemann-unterwäsche lustig gemacht. Das war's. Da kuschle ich lieber mit einem Tannenbaum.

Mein Bruder meint, ich müsse häufiger ausgehen, sonst wäre ich irgendwann uralt und müsse Väterchen Frost heiraten. Funny.

Manchmal kann ich allerdings nicht darüber lachen. Natürlich hätte ich gern jemanden, der da ist, wenn ich abends heimkomme. Bisher war ich nur nie zuhause. Mein Mann fürs Leben hätte also allein im Bett gelegen. Im besten Fall. So kann man keine Beziehung führen.

Und jetzt soll ich schon wieder verreisen. Nimmt das denn kein Ende?

»Was soll ich nur tun? Das ist doch total irre!«

»Ich würde da mal hinfahren, eine Runde über den Weihnachtsmarkt schlendern, Glühwein trinken, ein paar Beweisfotos schießen, ein Andenken kaufen und tschüss. Wenn ich den Typen dabei zufällig treffe, ist gut. Wenn nicht, auch.«

Aus dem Mund meines Bruders klingt das so simpel wie Suppe kochen. Ich befürchte nur, dass Nikolaus senior sich nicht mit einem »Sorry-hat-leider-nicht-geklappt« zufriedengibt.

Trotzdem hilft es mir, das Ganze als einen verrückten Ausflug zu betrachten. Ich verabschiede mich von Tom und packe. Diesmal endgültig.

Kapitel 4

7. Dezember, irgendwo im Nirgendwo

Die Bahn rumpelt über Schienen aus der Steinzeit. Draußen nichts als leere Äcker, blattlose Baumskelette und totes Gestrüpp. Ohne Schnee sieht der Dezember traurig aus. Seit drei Stunden und viermal Umsteigen bin ich nun schon unterwegs. Auf den verrosteten Nebenstrecken der Republik. Eine Direktverbindung gibt es nicht.

Meine Stirn ist ganz zerknittert vom vielen Ärgern. Fröstelnd vergrabe ich mich in meinem Strickschal, sehne mich nach meiner Kuscheldecke und Kerzenschein und hasse Ben Nikolaus mit jedem Kilometer mehr.

Nadelbäume ziehen vorüber. Ich bin mitten im Nirgendwo. Mein Handy hat so gut wie keinen Empfang. Außer dem Senior weiß nur Petra von meinem albernen Geheimauftrag. Sie hat mich mitleidig angesehen und mir viel Glück gewünscht. Insgeheim war sie bestimmt froh, dass nicht sie selbst losmusste, um den bockigen Sohn einzufangen.

Ich starre auf den flackernden Balken und seufze, als er vollkommen erlischt. Jetzt ist er wieder da. Vielleicht sollte ich meinem Bruder eine SMS senden. Damit er mich suchen kann, falls ich verschüttgehe. Diskretion hin oder her. Ich tippe, halte das Handy in die Höhe. Nichts rührt sich. Die Nachricht hängt in der Warteschleife.

Leise fluche ich vor mich hin. Hätte ich doch einen Mietwagen genommen. Auch wenn ich ungern Auto fahre und es der Umwelt zuliebe selten tue, aber das Risiko, in dieser Pampa festzusitzen, bereitet mir Stress. Zwar hält der Zug in Moorbach. Nur was, wenn Nikolaus junior nicht dort ist? Wehe, wenn ich den Überlandbus nehmen muss! Abfahrt alle zwölf Stunden. Ich schwöre: Das wird er büßen. Er kann sich nicht ewig verstecken. Und sobald er zurück im Büro ist, werde ich ihn mit endlosen, totlangweiligen Powerpoints und mehrseitigen, hochkomplexen Excel-Modellen foltern, bis ihm die Kapitalrendite aus den Ohren kommt. Frustriert schließe ich den Routenplaner – der findet mich zwischen den Fichtenhügeln sowieso nicht – und öffne mein Notizbuch. Sofort lächelt Ben Nikolaus mich an. Das Foto habe ich aus dem Internet. Keine Ahnung, ob ich ihn im echten Leben auch erkennen würde.

Auf diesem professionellen Firmenfoto sieht er jedenfalls gut aus. Dagegen kann man nichts sagen. Dunkelblonde, zurückgekämmte Haare, blaue Augen, ernster Blick, kantiges Kinn. Die Schultern breit, der Anzug maßgeschneidert. Fast ein bisschen unecht, wie aus einer Modezeitschrift. Typ ›erfolgsverwöhnter Unternehmersohn‹. Fehlt noch der goldene Löffel, mit dem er geboren wurde.

Ich musste mir alles selbst hart erkämpfen. Mein Vater ist seit dem Schlaganfall frühberentet, meine Mutter sitzt im Supermarkt an der Kasse. Mein Studium habe ich mit Nebenjobs in Hotels und Gastronomie finanziert. Heute habe ich es geschafft: Mit Anfang dreißig stehe ich nicht nur auf eigenen Beinen, ich verdiene auch genug, um meine Familie zu unterstützen.

Das macht mich stolz.

Ich habe alles, was ich brauche. Bis auf ein Haustier, ich wünsche mir seit der Grundschulzeit eine Katze. Oder einen Hund. Ich liebe Tiere. Und deshalb habe ich bisher darauf verzichtet. Wer sollte sich darum kümmern, wenn ich auf Geschäftsreise bin?

Ich hatte gehofft, dass sich dies ändern würde, jetzt, da ich in meiner Heimat meinen absoluten Traumjob gefunden habe und sowas wie einen normalen Alltag führen könnte.

Pustekuchen!

Statt im Tierheim eine süße Miezekatze auszusuchen, sitze ich im Regionalexpress, der alles, nur nicht ›express‹ ist, und werde höchstwahrscheinlich am Sonntag nicht mal das zweite Licht auf meinem Adventskranz anzünden. Außerdem wollte ich mich am Wochenende um das Weihnachtsgeschenk für meine Eltern kümmern. Dieses Jahr wird es ein Boxspringbett. Meine Mutter klagt schon seit längerem über Rückenschmerzen und für meinen Vater ist das alte Bett zu niedrig, er hat Schwierigkeiten, daraus aufzustehen. Ich hatte mich schon darauf gefreut, einen ganzen Samstag lang auf weichen Matratzen Probe zu liegen. Daraus wird wohl auch nichts. Stattdessen werde ich mir auf einer ausgeleierten Hotelmatratze die Wirbelsäule verrenken. Großartig.

Danke, Ben Nikolaus!

Wütend klappe ich das Notizbuch mit dem Foto darin zu – was sich ein bisschen so anfühlt, als würde ich Nikolaus junior eine Ohrfeige geben. Ein befreiendes Gefühl. Kurz kann ich sogar lächeln.

Dann ziehe ich mich wieder in meinen Schal zurück und lehne den Kopf gegen die Scheibe. Unbeirrt rattert der Zug weiter, jetzt erreichen wir ein Städtchen. In den Fenstern und Vorgärten funkeln Lichterketten, in der Ferne entdecke ich einen malerischen Kirchturm.

Wäre ich im Urlaub, würde ich die Gegend tatsächlich gern erkunden, denke ich im Stillen. Das Erzgebirge soll wunderschön sein. Und es ist die Wiege herrlicher Holzarbeiten. Immer wenn ich einen Stand auf dem Weihnachtsmarkt entdecke, der diese Kunstwerke anbietet, bleibe ich stehen und komme kaum mehr davon los.

Für einen Augenblick erwäge ich, diese Reise zu nutzen, um mich vor Ort bei traditionellen Herstellern umzusehen. Doch ich verwerfe die Idee sogleich wieder. Die handgefertigten Stücke sind zu teuer in der Produktion, damit kann man Amerika nicht erobern. Das erinnert mich an die Arbeit, die im Büro auf mich wartet. Das USA-Meeting bereitet sich nicht von allein vor. Und ich habe kaum mehr als eine Woche Zeit dafür. Was für ein Desaster!

Müde und gestresst reibe ich meine Stirn. Der mickrige Bahnhof, in den wir gerade einfahren, hat nichts als eine Uhr, deren Beleuchtung unruhig flackert. Erst halb drei und es wird schon dämmrig. Die Sonne hat wohl auch keine Lust mehr auf diesen Tag.

Wir halten, die Tür geht zischend auf, eine junge Frau, Ende zwanzig schätze ich, steigt ein. Ihre Haare sind kurz und schwarz, die grauen Augen blitzen rebellisch. Ich mustere sie, offenbar einen Moment zu lang. Sie fängt meinen Blick auf, ich fühle mich ertappt und will wegsehen. Doch das herausfordernde Lächeln, das ihre Mundwinkel nun umspielt, hält mich zurück. Der Zug fährt ruckelnd an, sie setzt sich mir gegenüber. Ich frage mich, warum. Die Bahn ist leer bis auf einen Mann ganz vorn und eine ältere Dame mit knallgelbem Hut hinten.

»Hey!«, begrüßt sie mich.

Mir ist nicht nach Plaudern zumute, dazu bin ich zu schlecht gelaunt. Also nicke ich nur flüchtig zurück und gucke weiter aus dem Fenster. Ein Graureiher steht im Stoppelfeld. Er hat die gleiche Farbe wie der Himmel. Trist. Bevor mich die monochrome Landschaft noch weiter runterzieht, schlage ich eine Zeitschrift auf und erfreue mich an roten Festtagskleidern und Krawatten mit Mistelzweigen. Mein Gegenüber macht ein Geräusch wie ein bös erkälteter Drache.

»Gesundheit«, wünsche ich höflich.

Zu meiner Überraschung lacht sie lauthals los.

»Nicht nötig«, sagt sie und tippt dabei gegen mein Magazin. »Ich habe nur eine Allergie gegen Weihnachten.«

Irritiert schaue ich mir das Bild auf dem Cover genauer an: Ein mit Kristallgläsern und Festtagsmenü überladener Tisch, Oma mit Backhandschuhen und Braten, fröhliche Kinder, strahlende Eltern, sogar der Hund ist happy. Heiligabend im Hochglanzformat. Ich schmelze bei dem Anblick dahin. Wie schrecklich, wenn man das alles nicht genießen kann. Mein Gegenüber tut mir ehrlich leid.

»Worauf reagierst du denn allergisch? Auf Nüsse?«, frage ich nach. »Oder sind es die Gewürze?« Pollenallergiker vertragen Zimt und Anis manchmal nicht. Davon habe ich kürzlich erst gelesen.

Sie lacht noch lauter. Obwohl ich nicht weiß, was sie so amüsiert, muss ich unwillkürlich mitlachen. Sie hat eine ansteckend positive Ausstrahlung. Das tut gut. Ein kleiner Lichtblick an diesem düsteren Tag.

»Ich bin nicht im medizinischen Sinne allergisch auf Weihnachten, sondern metaphorisch«, klärt sie mich auf, sobald sie wieder Luft bekommt.

»Oh«, mache ich und lege die Zeitschrift beiseite. Nicht, dass sie einen metaphorischen Schock erleidet. »Was ist denn der Grund dafür?«

»Die Scheinheiligkeit«, sagt sie und jede Heiterkeit ist mit einem Mal aus ihrem Gesicht verschwunden. »Alle sitzen unter einem lächerlich geschmückten Baum und spielen ›glückliche Familie‹. Sagen Danke für Geschenke, die sie nicht brauchen. Loben einen toten Vogel. Stoßen auf das Zusammensein an, das sie insgeheim so schnell wie möglich wieder verlassen wollen.«

Sie macht eine Pause, erwartet wohl meine Meinung dazu.

Ich schlucke. Was soll ich dazu sagen? Mir fehlen die Worte. Noch nie habe ich jemanden getroffen, der so negativ über das Fest der Liebe denkt. Ich bin schockiert. Gleichzeitig habe ich großes Mitleid mit der jungen Frau. Wie furchtbar, dass Weihnachten kein Rückzugsort für sie ist. Ich jedenfalls könnte ohne die Heile-Welt-Momente, die mir die Weihnachtszeit beschert, nicht leben.

»Und was denkst du darüber?«, fragt sie nun direkt nach.

Unsicher werfe ich einen erneuten Blick auf die Werbefamilie und plötzlich haben die Lichter des Tannenbaums einen hinterhältigen Schein. Das gefällt mir gar nicht.

Trotzig verschränke ich die Arme. Ich werde mir Weihnachten nicht vermiesen lassen! Bei mir zuhause sind die Festtage wunderbar wohlig und traut. Wir tragen bunte Wollsocken und trinken Wein, mein Bruder verpieselt sich in den Werkstattkeller, um an seiner Modelleisenbahn zu basteln, ich spiele mit meinem Vater Schach und schaue mit Mama alte Filme, die nur wir Frauen mögen. Jeder hat seine Macken, jeder darf sie haben. Mal lachen wir uns schlapp, mal streiten wir und vertragen uns dann wieder. Es ist eigentlich so wie immer. Wir sind, wie wir sind.

Außer am zweiten Weihnachtsfeiertag. Da kommt die Besserwisser-Cousine meines Vaters mit ihrem noch schlaueren Ehemann zum Kaffee. Einen ganzen Nachmittag lang werden wir mit der einzig richtigen Meinung (unabhängig vom Thema) und Verbesserungsvorschlägen (zu diversen Lebensbereichen) beglückt. Abweichende Meinungen unerwünscht. Wir kennen das, also nicken wir, lächeln und atmen erleichtert auf, wenn wir die Tür hinter ihnen schließen können.

Wenn ich jetzt darüber nachdenke, kommt mir diese Scharade etwas schäbig vor. So habe ich das bislang noch nie betrachtet.

»Ich glaube, ich weiß, was du meinst«, sage ich bedächtig. Auch wenn mir diese Schattenseite einen unangenehmen Schauer über den Rücken jagt. Dennoch kann sie meine Liebe zu Weihnachten nicht trüben.

Die Weihnachtsallergikerin hingegen freut sich über mein scheinbares Verständnis. Ihr Lächeln kehrt zurück, zusammen mit ganz reizenden Grübchen.

Irgendwie ist es nett, mit ihr zu quatschen. Es lenkt mich von meinem Elend ab. Darum verkneife ich es mir, meine glühende Weihnachtsleidenschaft zu gestehen. Sonst setzt sie sich sicher weg. Schon aus gesundheitlichen Gründen.

»Ich heiße übrigens Pixie«, stellt sie sich mir vor und fragt, wohin mich meine Reise führt.

»Weiß ich noch nicht so genau«, sage ich ausweichend.

Pixie nickt, als sei meine Antwort die einzig richtige. »Ich haue auch einfach ab! Weg von den leeren Wünschen auf glitzernden Grußkarten. Weg vom widerwärtigen Kommerz, der unsere tote Liebe bezeugen soll.«

Also geradewegs hinein in die schmucklose Hölle, fasse ich innerlich zusammen. »Dann sitzt du auf jeden Fall im richtigen Zug«, rutscht es mir raus. Wo der endet, gibt es sicher keinen Laden mit Lametta und Lebkuchenpferden. Wenn dort überhaupt Weihnachten gefeiert wird …

»Sag mal, machst du auch bei den Rebellen mit?«, unterbricht sie meine Endzeitfantasien.

»Wie bitte? Rebellen?«

Bevor ich mich erkundigen kann, worum es sich dabei handelt, hat sie ihr Handy gezückt und zeigt mir eine Textnachricht, in der steht:

> Null Bock auf Weihnachten?
> Kettensägenstimmung beim
> Baumschmücken? Dann komm in die alte
> Tischlerei. Kost & Logis frei, Arbeitskleidung
> mitbringen.

Darunter ein paar explodierende Smileys und eine Telefonnummer.

»Phänomenal, oder? Hat mir ein Freund aus Moorbach geschickt, er kennt den Typen, der das macht. Soll echt nett sein. Ich bleibe bis zum Neujahr, Silvester finde ich auch ätzend. Da renoviere ich lieber Bruchbuden. Das wird bestimmt nice.« Sie zwinkert mir einladend zu.

Nein danke! Ohne mich.

Wer bitte schön kommt auf die Idee, ein Arbeitscamp an Weihnachten zu veranstalten? Komplett irre. Zum Glück entbindet mich eine Durchsage von einem Kommentar. Ich will Pixie nicht vor den Kopf stoßen. Ich mag sie, auch wenn sie Weihnachten hasst. Unter anderen Umständen und in einer neutralen Jahreszeit könnten wir vielleicht sogar Freundinnen werden.

»Leider muss ich hier raus!«, sage ich, nachdem ich das Lautsprechergenuschel entziffert habe.

Pixie zieht den Reißverschluss ihres Parkers bis unters Kinn. »Ich auch.«

»Wie schön.« Tatsächlich freue ich mich, nicht ganz allein im Nirgendwo aussteigen zu müssen.

Der Zug kommt zum Stehen, die Türen öffnen sich, ein frischer Wind bläst uns entgegen. Der Bahnsteig hat Risse im Beton, die Bank keine Sitzfläche mehr, eisiger Nieselregen legt sich auf mein Gesicht. Ich bin kaum angekommen und will schon wieder weg. Jemand berührt meinen Arm. Es ist Pixie.

»Kommst du?«, fragt sie und deutet zum Ausgang.

Ich nicke, obwohl ich nicht weiß, wohin ich mich wenden soll. Die Vorstellung, durch kalte, dunkle Straßen zu irren und eine Tankstelle zu suchen, bereitet mir Unbehagen. Aber da muss ich wohl allein durch. Schließlich habe ich mich zu höchster Diskretion verpflichtet.

Wir laufen die paar Stufen zum Parkplatz runter, hier werden sich unsere Wege trennen.

»Zur alten Tischlerei?«, fragt eine angenehm tiefe Stimme. Sie gehört einem Mann in gefüttertem Karohemd, Jeans und Boots. Er lehnt gegen einen Pickup.

»Ja, ich!«, ruft Pixie freudig und steuert auf ihn zu, bereit für die Weihnachtrebellion.

Ich mustere den Typen, der Pixies Tasche entgegennimmt und sie mit Handschlag begrüßt. Ob das wohl der Anführer der Rebellen ist?

Ich hatte ihn mir irgendwie dämonischer vorgestellt. Nicht wie einen sympathischen Naturburschen. Mit seinem vollen Bart und der Wollmütze sieht er eher aus wie ein nordischer Holzfäller. Dazu intelligente Augen und ein schiefes Lächeln. Attraktiv, ohne Zweifel.

Aber dieses Rebellen-Dings ist voll daneben. Man muss die Weihnachtszeit ja nicht mögen, aber ein Anti-Camp zu organisieren, das geht mir zu weit.

»Man sieht sich!«, ruft Pixie mir über die Schulter zu. Ich winke zurück.

Der Holzfäller schenkt mir ein knappes Nicken zum Abschied, dann steigen die beiden ein. Der Motor röhrt auf. Ich sehe den roten Rücklichtern nach und fühle mich mehr denn je verloren. Wo bin ich hier nur gelandet?

Kapitel 5

Immer noch der 7.12. Wann ist dieser Tag endlich zu Ende?

Mit klappernden Zähnen laufe ich die Dorfstraße entlang. Ich rieche verbranntes Holz, irgendjemand hat den Kamin angemacht, davor würde ich jetzt auch gern sitzen. Bis auf eine rotgetigerte Katze begegne ich keiner Menschenseele. Meine Schritte hallen gespenstisch laut in der ländlichen Ödnis. Ein Raubvogel ruft, ich komme mir vor wie in einem Schwarz-Weiß-Thriller der Fünfziger. Als ich endlich den ›Wilden Eber‹, ein Wirtshaus aus dem vorletzten Jahrhundert, erreiche, bin ich bis auf die Knochen durchgefroren. Die Gaststube ist dämmrig und riecht nach dem Rotkohl mehrerer Menü-Generationen. Nicht gerade meine Vorstellung von Gemütlichkeit. Aber ich habe keine Wahl, es ist das einzige Fremdenzimmer im Ort.

»Sie haben Glück, heute gibt es Hirschgulasch«, begrüßt mich die Wirtin.

»Ich bin Vegetarierin«, erwidere ich.

»Das tut mir leid.«

Mir auch.

Vor allem, dass ich eine lächerliche Kopfgeldjägerin

spielen muss, statt entspannt über den Weihnachtsmarkt zu bummeln und Schlemmerpilzpfanne zu essen. Ich schleppe mich die Treppe hoch, vorbei an Wildschweinfellen und Jagdszenen in Acryl auf Leinwand.

Ist dieser Job das wirklich wert? Oder bin ich einer hoffnungslos romantischen Träumerei erlegen?

Wie auch immer, ich habe unterschrieben und brauche das Geld, sonst kann ich an Heiligabend lediglich selbstgebackene Zimtsterne verschenken.

Erschöpft lasse ich mich auf das Bett fallen, das eigentlich längst in Rente gehen müsste. Es ächzt, als wäre ich untragbar.

»Keine Sorge, ich bleibe nur für eine Nacht«, verspreche ich ihm und schwöre mir selbst, dass ich den entlaufenen Nikolaus exakt vierundzwanzig Stunden und keine Sekunde länger suchen werde. Danach übergebe ich an eine Privatdetektei, die Idee ist mir gerade in diesem Augenblick gekommen. Ja, damit kann ich leben.

Mit frischer Motivation hole ich mein Notizbuch hervor und betrachte das Foto von Neuem. »Also Herr Nikolaus. Wer bist du?«

Ich tippe auf einen verantwortungslosen Partylöwen, der lieber Cocktails schlürft, als Bilanzen durchzugehen. Klischee, ich weiß. Was Besseres fällt mir leider nicht ein. Zu einem Frozen-Erdbeer-Daiquiri vor atemberaubender Meereskulisse würde ich schließlich auch nicht Nein sagen.

Hätte Ben Nikolaus nicht in die Karibik fliegen können? Wieso ausgerechnet Moorbach? Das entzieht sich meiner Logik. Oder meiner Fantasie. Mein Bauchgefühl ist auch nicht hilfreich, mein Magen knurrt nur gereizt.

Mit einem Seufzer lege ich das Notizheft beiseite und beschließe, eine Runde durch den Ort zu laufen. Vielleicht finde ich einen Hinweis, ob Ben Nikolaus hier ist. Oder war. Wahrscheinlich ist er längst über alle Berge.

Wie auch immer, ich mache mich auf den Weg. Draußen ist es mittlerweile dunkel, im Kirchturm funkelt ein Stern, er spiegelt sich im Teich davor, das ist hübsch. Die Dorfbäckerei lockt mit Lichterkranz; ich klammere mich an diesen idyllischen Anblick wie an einen Rettungsring. Beim Eintreten bimmelt eine Glocke, ich mag das Geräusch. Es erinnert mich an Rentiere und Schlittenfahren.

Hinter dem Tresen sitzt ein alter Mann in einem Ohrensessel und strickt Socken. An den Wänden hängen alte Fotos von Traktoren und Pferdekutschen. Ungewöhnlich, aber urgemütlich.

»Bitte sehr, was kann ich für Sie tun?«, fragt der Weißhaarige und blickt mich über den Rand seiner Brille an.

Ich überfliege die Auslage. Ein leeres Brotregal, eine Platte Streuselkuchen und ein paar Semmeln.

Überschaubar, aber besser als nichts. Ich lächle tapfer. »Ich nehme das Mehrkornbrötchen und einen großen Cappuccino.«

Er legt die Stricksachen beiseite, erhebt sich und dehnt seinen steifen Rücken. »Wir haben nur Filterkaffee.«

Filterkaffee? Davon bekomme ich Sodbrennen.

Okay, das war's. Ich bin kurz davor, loszuheulen.

Der Bäcker bemerkt wohl meinen Frust und brummt gutmütig: »Ich sehe, was ich tun kann.«

Kurz darauf kommt der Kaffee. Mit einer großen Sahnehaube, Kakaostreuseln und der besten Kokosmakrone, die ich je gegessen habe.

»Danke! Vielen, vielen lieben Dank. Wirklich.« Mir stehen fast die Tränen in den Augen, so entzückt, gerührt, übermüdet und unterzuckert bin ich. Dieser Mann hat mein Leben gerettet.

Gierig löffle ich die Sahne, schlürfe und schmause. Langsam kommt wieder Leben in meine Knochen.

»Morgen gibt es Stollen«, sagt mein neuer Lieblingsbäcker. »Meine Margot bäckt sie gerade. Unter uns, dieser Butterstollen ist der beste auf der ganzen Welt.«

Das glaube ich aufs Wort. Sogar die trockenen Brötchen sind ein Fest. Ich nehme gleich noch eins und eine Tüte Makronen dazu.

»Bis morgen dann«, verabschiede ich mich. Vor meiner Abreise werde ich mir auf jeden Fall einen Stollen holen. Als Andenken an diese seltsame Reise.

Mit einem Bein bin ich schon zur Tür raus, da fällt mir etwas ein. »Kennen Sie Ben Nikolaus?«

Der Bäcker schüttelt den Kopf. »Nie gehört.«

»Ist jemand neu hier im Ort?« Ich nenne den Holzfäller mit Pickup als Beispiel.

»Ach, der! Ist ein netter Kerl. Hat die alte Tischlerei gekauft.«

Das wusste ich schon, trotzdem bedanke ich mich für die Auskunft und wünsche einen schönen Abend.

Wieder im Gleichgewicht mit meinem Blutzuckerspiegel schlendere ich weiter. Von vielen Häusern blättert die Farbe, Ich entdecke einige alte Backsteinmauern, schiefe Zäune und viele dicke Kastanienbäume. Ein Auto rauscht vorbei, irgendwo bellt ein Hund. Aber nirgends jemand, den ich befragen könnte.

Ich beschließe, die Tankstelle zu suchen, vielleicht habe ich dort mehr Glück. Zumindest werde ich ein Foto schießen zum Beweis, dass ich dagewesen bin.

Ich folge der Hauptstraße bis zum Dorfrand, wo mein Handy plötzlich Empfang hat. Eine E-Mail zwängt sich durch das löchrige Netz. Sie ist von Petra.

Bist du gut angekommen?, fragt sie und entschuldigt sich für den unglücklichen Start bei *Nikolaus & Sohn*.

Das ist lieb von ihr. Ich antworte, dass alles bestens sei. Und wünsche mir insgeheim, es wäre auch so.

Wenigstens taucht jetzt die Tankstelle vor mir auf. Ich ziehe den Abbuchungsbeleg aus meiner Manteltasche. Die Adresse passt. Hier hat Ben Nikolaus also getankt.

Sensationell!

Ich trete näher und komme mir reichlich albern vor, wie ich die zwei Tanksäulen und das kleine Wärterhäuschen fotografiere, als wären sie eine Sehenswürdigkeit.

In der Fensterfront hängen blinkende Schneemänner, sie lächeln mich neckisch an. Ich lächle zurück und spüre einen Anflug von Optimismus. Ich schaffe das, wie ich schon vieles geschafft habe! Schwungvoll reiße ich die Tür auf und trete ein. Hinter der Kasse liest ein Mann mit Schirmmütze Zeitung. Er wirft mir einen flüchtigen Blick zu und vertieft sich dann wieder in seine Lektüre. Ich atme noch einmal durch, streiche meinen Mantel glatt und schreite zur Tat.

»Guten Abend, nette Tankstelle haben Sie«, beginne ich und verliere mich dann, als der Mann stirnrunzelnd aufschaut, mit einem unsicheren Grinsen. Und nun? Wie befragt man einen Zeugen?

Mein letzter Fernsehkrimi ist schon eine Weile her, ich weiß nicht, wie ich es anstellen soll. Plötzlich ist es mir wahnsinnig peinlich, jemandem nachzuspionieren.

»Ja?« Der Tankwart schaut mich immer noch an, als wäre

ich der Weihnachtsmann persönlich. Oder vollkommen durchgeknallt. Oder beides.

Wieder frage ich mich, was ich hier eigentlich tue.

Und schmeiße spontan hin! Aus. Vorbei. Das hier ist mir zu crazy. Kein Traumjob ist es wert, dass ich mich dafür zum Affen mache.

»Nichts für ungut!«, murmle ich, drehe mich fluchtartig auf dem Absatz um und knalle frontal in ein Karohemd, stolpere zurück und über meine eigenen Füße und lande im Kaugummiregal.

Einen Augenblick lang scheint die Zeit stillzustehen. Nichts bewegt sich, sogar mein Herz hört auf zu schlagen.

Dann fragt eine Stimme: »Geht's?« Es ist der Holzfäller vom Bahnhof, er hilft mir auf. Der Tankwart hat sich weit über seinen Tresen vorgelehnt, um nichts zu verpassen.

»Nichts passiert«, sage ich und lege die Kaugummipäckchen, die ich bei meinem Sturz aus dem Regal gerissen habe, auf den Verkaufstisch. »Die nehme ich.«

»Alle?«

Ich nicke und fasele irgendwas von gesundem Zahnfleisch.

Der Tankwart zuckt die Schultern und scannt. Aus dem Augenwinkel sehe ich, dass der Holzfäller grinst. Es ist ein kleines Lächeln. Halb versteckt in seinem Bart. Gegen meinen Willen mag ich es. Auch wenn mir klar ist, über wen er sich amüsiert.

Ich versuche dennoch, Haltung zu wahren, verstaue die Kaugummis in meinen Manteltaschen und wünsche einen guten Abend. Beim Rausgehen streift mein Blick die Augen des Naturburschen im Karohemd. Sie kommen mir seltsam bekannt vor.

Noch während ich darüber nachdenke, an wen er mich

erinnert, höre ich etwas, das mir den Atem raubt und mich kurz vor dem Ausgang abrupt anhalten lässt.

»Tach Ben, brauchste wieder Kettensägensprit?«

Ein raues Lachen antwortet. »Ja, bitte die Zwei und das Motorenöl hier.«

Die Kasse piepst, mein Hinterkopf zählt eins und eins zusammen, dazu rauscht es in meinen Ohren wie ein Blizzard.

Hat er ihn gerade Ben genannt?

Ja, Ben.

Jetzt weiß ich, an wen mich die Augen erinnern. An Nikolaus junior! Daran besteht kein Zweifel. Ich habe sie auf dem Firmenfoto eingehend studiert, fixiert und wütend angefunkelt. Er ist es. Zu neunundneunzig Prozent.

Wie in Zeitlupe drehe ich mich um und starre ihn an, als stünde ich einem Geist gegenüber.

Ben Nikolaus.

Ich habe ihn tatsächlich gefunden. Das grenzt an ein Wunder! Ich sollte vor Glück losjubeln. Oder ihn wenigstens ansprechen. Aber mein Hals ist wie zugeschnürt.

Diesen Typen kann ich unmöglich in die Firmenzentrale überführen. Er ist ein Weihnachtsrebell mit Kettensäge.

Ben Nikolaus ist der Kettensägenweihnachtsmörder!

Das Pfeifen in meinem Kopf wird schlimmer, ich muss an die frische Luft.

Kapitel 6

Dieser verdammte 7. Dezember, verflucht seist du!

Mit zitternden Fingern rufe ich den Einzigen an, der Unlösbares spannend findet: Meinen Bruder.

Ohne Begrüßung erzähle ich ihm alles. Ungeschönt kristallisiert sich die Wahrheit über Ben Nikolaus im Neonlicht der Preistafel zu kleinen Sprechwölkchen und wird für mich greifbar.

»Ich bin geliefert«, hauche ich meinen letzten Atem in die Winterluft.

»Sei doch nicht so dramatisch«, erwidert mein Bruder. »Ich find's saukomisch. Wenn du mich fragst, ich würde einfach bei der Weihnachtsrebellion mitmachen! Undercover sozusagen. Was hältst du davon? Agentin West. Klingt gefährlich. Und sexy.«

»Danke. Das ist nicht sehr hilfreich«, motze ich. »Ich würde innerhalb von fünf Minuten auffliegen. Schon vergessen? Ich liebe Weihnachten! Spätestens wenn ich meinen Mantel ausziehe und alle meinen Rentierpulli sehen, wüssten sie Bescheid.«

»Du könntest dich als X-mas-Junkie ausgeben, der einen Entzug machen will ...«

Ich weiß nicht, ob ich darüber lachen oder weinen soll. Stattdessen grunze ich gereizt. Warum habe ich meinen Bruder überhaupt angerufen? Ach ja. Weil ich mich in einer aussichtslosen Lage befinde.

Am liebsten würde ich sofort kündigen. Fristlos. Aber mein beruflicher Ehrgeiz, Tom nennt es ›abnormales Pflichtbewusstsein‹, lässt das irgendwie nicht zu. Ich schließe meine Projekte immer erfolgreich ab.

Verdammt, ich bin so dicht dran, ich muss meinen Auftrag, wie ich Ben betitele, nur noch nach Hause bringen. Doch genau da liegt das Problem.

»Er wird nicht einfach mitkommen.«

»Finde doch erstmal heraus, warum er abgehauen ist. Ursache und Wirkung, Aktion und Reaktion. Wenn du die Kausalität kennst, verstehst du, was eigentlich abgeht.«

Typisch Ingenieur.

Als handle es sich hierbei um eine schlichte Reaktionsgleichung: Ein Atom bindet sich an das andere, der Rest löst sich in Luft auf, Fall gelöst. Leider sind echte Menschen in ihrem Verhalten weitaus komplizierter. Vor allem halten sie sich nicht an irgendwelche Gesetzmäßigkeiten. Wahnsinn ist also vorprogrammiert.

Einer der Gründe, warum ich es liebe, mit Zahlen zu arbeiten. Das Ergebnis ist berechenbar, es gibt keine Zweifel, keine Überraschungen.

In diesem Fall kann ich das Chaos jedoch schon riechen. Vielleicht ist es aber auch nur Dieseldunst, denn ich stehe immer noch an der Tankstelle. Drinnen trinkt Ben mit seinem

Tankwartkumpel einen Kaffee. Gleich wird er rauskommen. Bis dahin brauche ich eine Strategie. Irgendeine Entscheidung.

Was tue ich bloß?

Fahre ich ohne Ben zurück, verliere ich den Job und vielleicht sogar meinen Kopf. Nikolaus senior wird ausflippen, wenn er erfährt, dass sein Sohn ein Weihnachtsaussteiger-Camp veranstaltet – und ich nichts dagegen unternommen habe.

Noch schlimmer wird es, sollte die Presse Wind davon bekommen. Dann ist der Imageschaden garantiert. Das Letzte, was *Nikolaus & Sohn* jetzt brauchen. Die Konkurrenz ist stark, ein Fehltritt und die Traditionsfirma ist pleite. Das kann ich nicht zulassen. Schon allein wegen der hübschen Engelchen, mit denen ich schon als Kind unseren Weihnachtsbaum geschmückt habe.

Ganz zu schweigen von den Mitarbeitern und ihren Familien. Ich denke an Petra und wie hinreißend sie sich für den Kakao eingesetzt hat.

Ob Ben Nikolaus überhaupt ahnt, welche Konsequenzen sein kindisches Rebellencamp hat?

Zornig balle ich meine Faust um eine Kaugummipackung. Ich muss verhindern, dass diese Schreckensfantasie Wirklichkeit wird.

»Hallo? Bist du noch da?«

»Ich muss los.« Bevor ich es mir anders überlege. Ich beende das Gespräch und gehe mit entschlossenen Schritten zum Tankstellenhäuschen zurück.

Neun Tage bleiben mir. Zeit genug, den Weihnachtsgegner im Holzfällerhemd zu bekehren. Oder ihn notfalls zu kidnappen. Ich bin zu allem bereit.

»Noch mehr Kaugummi?«, fragt mich der Tankwart, als ich den Laden betrete.

»Nein danke.« Ich ignoriere sein Schmunzeln und das Glühen auf meinen Wangen, recke das Kinn und blicke Ben Nikolaus fest an. »Ich habe gehört, dass Sie eine Weihnachtsrebellion planen.«

Einen Wimpernschlag lang sieht er mich staunend an, fast so, als wäre er von meinem Anblick gefesselt.

Dann lacht er laut auf. Ein tiefes, warmes Geräusch. Irritierenderweise mag ich es, obwohl ich maßlos sauer auf diesen gewissenlosen, mit Sicherheit arroganten und auf jeden Fall abgedrehten Typen bin.

»Weihnachtsrebellion. Toller Titel. Ja, nennen wir es gern so. Ich bin Ben.« Er hält mir die Hand hin. Ich will sie nicht schütteln, sondern gleich den ganzen Kerl. Damit er endlich erwachsen wird.

Später vielleicht.

Ich setze ein geschäftsmäßiges Lächeln auf. »Luisa, freut mich.« Dabei packe ich seine Hand, nicht sonderlich sanft.

Er verzieht spöttisch den Mund. »Wollen Sie mich etwa festnehmen?«

Ertappt lasse ich ihn los und antworte: »Im Gegenteil, ich möchte mitmachen.«

Kapitel 7

Nur wenig später

Nach einem Zwischenstopp beim ›Wilden Eber‹, um meine Sachen zu holen, biegen wir von einer Holperstraße auf einen Feldweg. Ben will noch irgendwas von irgendwem abholen, von mir aus. Hauptsache, das Ganze dauert nicht allzu lang. Ich habe meine Frist zwar von vierundzwanzig auf hundertzwanzig Stunden erhöht, aber ich will keinen Augenblick länger in diesem Alptraum bleiben.

Ein Schlagloch dreht mir den Magen um. Mir ist übel, doch das liegt nicht allein an der Achterbahnfahrt durch die sächsische Pampa. Was, wenn ich versage? Zum ersten Mal seit zwanzig Jahren, seit der Insolvenz meiner Eltern, habe ich wieder das Gefühl, die Kontrolle zu verlieren. Diese wilde Nummer hier ist nicht berechenbar. Um das Magengrollen und die Alarmsirenen in meinem Kopf zu übertönen, stelle ich das Radio an. ›Last Christmas‹ läuft, Ben wechselt sofort den Sender. Nun donnert Beethovens Schicksalssinfonie durch den Wagen.

Ich schlucke, das wird harte Arbeit. Aber die bin ich gewohnt. Außerdem bin ich Expertin für Weihnachten und

Strategien. Ich werde es einfach wie bei jedem Projekt machen: Erst mal Daten sammeln, dann die Analyse, das Problem finden und es lösen. Eins nach dem anderen.

Wir halten in einer Einfahrt, die hell erleuchtet ist. Ein Mann mit runder Brille, wirren Locken und breitem Lächeln grüßt durch die Windschutzscheibe. Er ist in meinem Alter, hat trotz des Dreitagebarts etwas Jungenhaftes und, das kann ich selbst durch den dicken Wollpulli erkennen, einen athletischen Körper. Auf einer Party würde ich versuchen, mit ihm ins Gespräch zu kommen. Nicht, dass ich gut darin wäre.

Ist sowieso egal. Wir sind meilenweit von einer Party entfernt, ich bin nicht in Feierlaune und Bens Bekannter hat offensichtlich etwas anderes vor, als zu flirten – wenn ich die Arbeitshandschuhe und die Schubkarre richtig deute.

Ben steigt aus und begrüßt ihn mit einem freundschaftlichen Schlag auf die Schulter. Beide lachen, tauschen ein paar Worte, man spürt, dass sie sich mögen. Unwillkürlich möchte ich dazugehören, mich in ihren Kreis stellen und mitscherzen. Doch ich bleibe sitzen, schließlich bin ich nicht hier, um Freunde zu finden oder Spaß zu haben.

Ich nutze stattdessen die Gelegenheit und mustere meine Zielperson, Ben Nikolaus, das erste Mal genauer. Er ist etwas größer als sein Freund und schmaler, trotzdem hat er breite Schultern. Die Jeans sitzt lässig, meine Fantasie schweift ab, als er mir den Rücken zudreht und ich kurzzeitig aus den Augen verliere, mit wem ich es zu tun habe. Ein echtes Sahnestück, würde mein Rezeptbuch sagen, und es fehlt nicht viel, dass ich mir die Lippen lecke.

Als er die Tür aufreißt, schrecke ich aus meinem Tagtraum hoch.

»Hilfst du mir?«

Widerstrebend steige ich aus. »Wobei?«

»Das Holz abzuladen.« Er deutet auf die Ladefläche des Pickups, wo sich grob geschlagene Holzscheite türmen.

Nein. Bitte nicht! Ich will zurück in meine Prinzenrolle-Schokokeks-Knusper-Knabber-Spinnerei. Gebt mir wenigstens etwas zum Naschen. Als Ablenkung. Aber Ben schenkt mir nur ein aufforderndes Lächeln. Missmutig stopfe ich mir einen Kaugummi in den Mund.

»Du kletterst auf die Ladefläche und wirfst mir die Scheite zu, okay?«

Entsetzt blicke ich auf den Wagen, den Matsch überall, das ölverschmierte Kettensägenblatt und dann an meinem neuen Mantel hinunter. Das Teil ist mein absolutes Lieblingsstück, weich und warm, edelstes Kaschmir, ich habe ewig darauf gespart.

»Kommst du allein rauf?« Ben hat die Schubkarre herangeschoben und wartet darauf, dass ich loslege.

Meine Beine zucken, sie wollen weglaufen. Aber es gibt nur einen Weg, den nach vorn. Ich beiße fest auf meinen Kaugummi und versuche, mit spitzen Fingern und möglichst ohne etwas zu berühren, auf die Ladefläche zu steigen. Ein unmögliches Unterfangen, dass zudem noch urkomisch aussehen muss. Denn ich höre in meinem Rücken Ben leise lachen, was mich vollends auf die Palme bringt. Ohne weiter darüber nachzudenken, stemme ich mich hoch, lande unschick auf den Knien, richte mich auf und schmeiße ihm das erste Holz ohne Vorwarnung und mit ordentlich Pfeffer zu.

Er macht ein überraschtes Geräusch, was mich nahezu in Hochstimmung versetzt.

Holzscheit für Holzscheit werfe ich, schneller und

schneller, ich lasse all meine Wut an diesem Brennholz raus. Mal sehen, wie lange Ben mithalten kann.

Er scheint das sportliche Tempo zu genießen, jedenfalls schmunzelt er in sich hinein, was mich nur noch mehr anstachelt. Am liebsten hätte ich ihm einen Klotz an den Kopf gedonnert.

Kurz bevor meine dunkle Seite die Kontrolle übernimmt, ist die Schubkarre voll und Ben fährt sie weg. Sein Freund, er heißt Matze, hat derweil eine Ladung Dachziegel von irgendwoher geholt und reicht sie mir, einen nach dem anderen, solange Ben die Karre hinten im Hof entlädt.

»Machst du hier Urlaub?«, fragt er mich, während ich die Ziegel in einer freien Ecke übereinanderstaple. Meine zarten Bürohände sind mittlerweile eiskalt, rau und wund. Und meine Arme lahm. Der heiße Zorn auf Ben und die Gesamtsituation ist verpufft. Ich will mehr denn je zurück nach Hause.

»Urlaub? Nicht wirklich.«

»Dann hat Ben dich zu dieser ›Arbeitstherapie auf dem Land‹ überredet?«

Arbeitstherapie? Ja, man muss wohl ziemlich übergeschnappt sein, wenn man sich freiwillig in diesen Wahnsinn begibt.

Was Matze wohl von mir denkt? Das ist der schlimmste Smalltalk aller Zeiten!

Bevor ich irgendeine scheinheilige Erklärung bringen kann, die mein Gesicht halbwegs wahrt, sagt er so laut, dass Ben, der gerade zurückkommt, es auch hört: »Wenn es dir zu viel in Bens Bruchbude wird, gib mir Bescheid. Ich hole dich da raus. Mein Gästezimmer ist frei!«

»Lass dich nicht bequatschen«, fährt Ben dazwischen und

legt seine Hand auf meine. Ich weiß nicht recht, ob ich das als besitzergreifend oder beschützend deuten soll. Aber es fühlt sich gut an, warm und stark. Er zieht mich näher zu sich heran. »Matze sucht nur einen Babysitter für seine zweijährigen Zwillinge«, flüstert er mir vertraulich zu. Sein Atem kitzelt an meiner Wange, das bringt mich durcheinander. Ich rücke von ihm ab, Ben räuspert sich, als hätte er dieses Ausmaß an Vertraulichkeit nicht beabsichtigt.

»Liv und Ava sind supersüß«, redet Matze nun auf mich ein.

»So süß wie ein Tornado eben sein kann.« Ben boxt ihm lachend auf den Oberarm. Die peinliche Situation ist gelöst, ich atme auf. Aber die Verwirrung bleibt, wie ein kleiner Hunger kribbelt sie in meinem Bauch.

Matze fleht mich an, seine Augen sind groß und rund wie die eines Welpen. »Bitte, Luisa, nur über die Festtage. Ich koche auch was Leckeres für uns alle. Es gibt hausgemachte Klöße und Nussbraten.«

Ich werde schwach. Matze hat nicht nur eine charmante Art, er sieht zudem sexy aus und ist möglicherweise sogar Single. Sein Bauernhof ist urig, die Lichterbögen in den großen Fenstern ziehen mich magisch an und Kinder mag ich auch ...

»Hey, wirb mir nicht meine Leute ab«, protestiert Ben und wirkt dabei ernsthaft angesäuert.

Was mich daran erinnert, dass er tatsächlich mein Chef ist, auch wenn er das nicht weiß, denn er war längst in Moorbach, als ich mein Vorstellungsgespräch hatte.

»Lass mal die Lady allein entscheiden«, kontert Matze und zwinkert mir zu.

»Vielleicht schaffe ich es am Wochenende«, sage ich und

füge in Gedanken hinzu: *Bevor ich wieder abreise.* In meiner Freizeit kann ich schließlich tun und lassen, was ich will.

»Jederzeit gern!« Matze ist eine Frohnatur, ich mag ihn. Er erzählt mir von einer Elster, die er im Sommer großgezogen hat und die jetzt in seinem Geräteschuppen wohnt. Von Eichhörnchen, die jeden Morgen auf ihr Müsli warten. Und davon, was sich seine beiden Mädels zu Weihnachten wünschen. Die Zeit verfliegt, wir stapeln gemeinsam die Ziegel in den Pickup und entladen weiter Holz, bis es aus seinem Babyfon erst knistert und dann weint.

»Sorry, ich muss los, das wird dauern«, verabschiedet er sich und sprintet davon.

»Wir sehen uns«, ruft Ben ihm nach.

Ich mache übergangslos weiter und werfe das nächste Scheit. Zu spät bemerke ich, dass Ben noch nicht bereit dafür war. Es folgt ein Zeitlupenmoment. Ich rufe »Achtung!«, er dreht sich zu mir um, zeitgleich trifft ihn das Holz hart an der Schläfe.

»Oh Gott, das wollte ich nicht.« Wirklich!

Ben fasst sich an den Kopf und taumelt.

»Warte, ich helfe dir!« Ich stolpere über die restlichen Holzklötze, reiße mir dabei einen Splitter ein, was so wehtut, dass mir die Tränen in die Augen schießen, springe vom Wagen und stütze ihn, so gut es geht.

»Alles okay?«

»Ja«, sagt er und reibt sich die Stelle, die knallrot und leicht abgeschürft aussieht. Dabei wankt er, als stünde er an Bord eines Schiffes bei starkem Seegang. »Geht schon.«

»Setz dich erst mal«, bestimme ich und führe ihn am Arm zur Ladefläche. Dann sehe ich mich nach etwas zum Kühlen um. Meine Hände zittern, sie sind steif vor Kälte und vom Schock. Kurzerhand presse ich sie auf Bens Schläfe.

Er stöhnt auf und schließt die Augen, als würde er die Berührung genießen.

»Das wird eine ordentliche Beule. Tut mir ehrlich leid«, flüstere ich erstickt. Alles läuft schief, wie in einer planlosen Dominoshow, ein Stein reißt den nächsten um, in unvorhersehbarer Reihenfolge.

Und es wird noch schlimmer, als Ben seine Augen wieder öffnet und mich direkt ansieht. Wir sind uns so nah, dass die Welt um uns verschwimmt, dann beginnt sie, sich verkehrt herum zu drehen. Mir wird leicht schwindelig, mein System ist überlastet, wahrscheinlich stehe ich kurz vor einem Shutdown.

»Keine Sorge, es ist nichts passiert.« Ben umfasst meine Hand, die immer noch auf seiner Schläfe ruht.

»Autsch.« Ich zucke zurück, er hat den Splitter erwischt.

»Was hast du?«, fragt er besorgt und betrachtet meine Handfläche wie ein Hellseher, der die Wahrheit darin erkennen kann.

»Nichts weiter, nur ein Splitter«, erwidere ich und atme gegen den drohenden Kreislaufkollaps an. Das muss eine Art Panikanfall sein, die Sache wächst mir über den Kopf. Ich will mich von Ben losmachen, brauche dringend Abstand. Aber er lässt mich nicht.

»Das haben wir gleich«, sagt er, hebt meine Hand an seinen Mund, ich spüre seine Lippen auf meiner Haut, wie bei einem Kuss. Ich merke nicht als er den Splitter mit den Zähnen herauszieht, so sehr kribbelt mein ganzer Körper.

Nicht aufhören!, denke ich verschwommen.

»Schon vorbei.« Ben steht auf, bricht einen Eiszapfen vom Carportdach und drückt ihn auf die winzige Wunde. »Sorry, ich hätte Handschuhe mitnehmen sollen. Setz dich ruhig schon in den Wagen, ich bin gleich fertig.«

Ich stehe immer noch neben mir und versuche zu verstehen, was hier gerade passiert ist. Am liebsten würde ich mir eine scheuern, damit ich aufwache und endlich meinen Job mache. Sprich: Ben Nikolaus klipp und klar sagen, wer mich schickt und warum. Und zwar jetzt sofort.

Aber ich kann nicht.

Warum?

Weiß nicht.

Ich schleppe mich auf den Beifahrersitz, ich bin so kaputt, ich möchte das Ganze am liebsten abblasen und übergangslos in mein altes Leben zurückkehren.

Doch das geht nicht. Einen Zug bekomme ich heute um diese Uhrzeit nicht mehr, geschweige denn einen Mietwagen. Das Zimmer im ›Wilden Eber‹ ist storniert und die Wirtin deswegen sauer, sie hat meine Absage wohl persönlich genommen. Wo also sollte ich hin?

Meine Lider sind schwer, ich schließe die Augen, das ist offenbar das Einzige, was ich momentan tun kann.

Ben startet kurz darauf den Motor, das tiefe Brummen vibriert wie eine Entspannungsmassage in meinen müden Gliedern. Die Lüftung bläst mir einen warmen Sommerwind ins Gesicht, ich nicke kurz ein. Als ich wieder aufwache, zeichnet sich ein Hausschatten gegen den Abendhimmel ab. Goldenes Licht aus Sprossenfenstern heißt uns willkommen. Ein Landhaus wie im Märchenbuch. Ich blinzele verzückt. Ist das die alte Tischlerei? Hoffnung regt sich in mir, dass sich ab jetzt alles zum Guten wenden wird.

Dann jedoch beleuchten die Scheinwerfer bröckelnden Putz und ein rostiges Tor. Da weiß ich, dass der romantische

Scherenschnitt sich spätestens bei Tagesanbruch in eine Ruine verwandeln wird.

Ben fährt auf den Hof, und wir steigen aus. Im schwachen Mondlicht erkenne ich ein marodes Holzgebäude, das Ben mir als Werkstatt vorstellt. An einer Feldsteinmauer lehnt ein schiefer Bretterstapel, unter meinen Stiefeln knirscht Kies. Ansonsten ist es totenstill.

Nur mein Herz hämmert hart gegen meinen Brustkorb, als wolle es mich aufwecken. Mich ergreift ein unheimliches Gefühl. Bin ich ernsthaft in den Wagen eines quasi Unbekannten gestiegen, der mich auf einen Hof mitten im Nirgendwo bringt? Wer weiß, auf welchem Trip Ben Nikolaus ist? Oder noch schräger: Was, wenn ich mich getäuscht habe und das gar nicht der vermisste Unternehmersohn ist? Seinen Nachnamen habe ich noch nicht erfahren. Ich kenne nur seine Augen, diese unfassbar tiefblauen Augen …

Himmel, Luisa, was ist los mit dir?

Unwillkürlich lege ich den Kopf in den Nacken und wünsche mir Beistand von oben. Die Sterne funkeln am nachtblauen Firmament, der Mond ist eine feine Sichel. Die überirdische Schönheit des Universums schenkt mir Zuversicht, und ich beruhige mich etwas.

Bis mich ein schwarzes, struppiges Wesen anspringt.

»Hilfe!«, kreische ich unwillkürlich auf.

»Ruhig, Fussel«, beschwichtigt Ben, der mein Gepäck aus dem Wagen geholt hat, das vermeintliche Monster und drängt es von mir weg. »Er ist ein ganz Lieber«, erklärt er. »Auch wenn er aussieht, als hätte er Rotkäppchen zum Mittag verspeist.«

Das ist witzig, aber ich kann gerade nicht lachen, der Schock sitzt noch zu tief in meinen Knochen. Als die

Panikflecken vor meinen Augen endlich verschwinden, erkenne ich, dass Fussel ein zotteliger Hund ist, der schwanzwedelnd um mich herumhopst. Ich mag Hunde. Und Katzen, Mäuse, Hühner, Kühe, ja sogar Spinnen (diese aber lieber im Hellen).

Fussels gute Laune ist ansteckend.

»Hallo, du Hübscher.« Ich halte ihm meine Hand hin, damit wir uns kennenlernen können. Fussel schnüffelt daran und schleckt sie dann ab. Das kitzelt, ich kichere, was Fussel dazu anstachelt, zärtlich an meinen Fingern zu knabbern.

»Nicht aufessen«, scherzt Ben. »Auch wenn sie süß ist.«

Ohne weitere Erklärung geht er ins Haus.

War das ein Flirt? Oder nur ein Witz?

Ich kann mich nicht entscheiden, was ich bevorzuge. Unsere Beziehung ist beruflich und bedarf daher eines gewissen Respekts voreinander. Wovon er noch keine Kenntnis hat, weil ich es nicht rausbringe.

Und was passiert, wenn er erfährt, dass ich seine neue Mitarbeiterin bin? Selbst wenn ich es schaffe, ihn zurückzuholen: Können wir je professionell zusammenzuarbeiten, ohne dass diese seltsame Episode zwischen uns steht? Darüber habe ich noch nicht hinreichend nachgedacht.

Ich stehe auf der Schwelle, unschlüssig, ob ich eintreten soll. Noch ist es nicht zu spät, diesen absurden Undercover-Einsatz abzubrechen.

Fussel umkreist mich und stupst mich mit der Schnauze an. »Komm schon!«, scheint er sagen zu wollen. »Ich möchte, dass du mich kraulst.«

Dieser süßen Bitte kann ich nicht widerstehen. Während ich meine Schuhe ausziehe, schmiegt sich der große, struppige Hund so dicht an mich, dass ich fast hintenüberfalle.

»Du hast wohl einen neuen Freund gefunden«, sagt Ben und lockt Fussel mit einem Schweineohr, der sich damit sogleich in sein flauschiges Hundebett zurückzieht. Das sieht so gemütlich aus, dass ich kurz davor bin, mich dazuzukuscheln.

Ben bemerkt offenbar meinen sehnsüchtigen Blick. »Ich zeige dir dein Zimmer, es ist im ersten Stock.«

Meine Erwartungen waren nicht hoch, werden jedoch bei weitem untertroffen.

Die Matratze, die Ben mir als mein Nachtlager vorstellt, sieht nicht annährend so einladend aus wie Fussels Kuschelsofa. Nicht einmal Kissen und Decke liegen darauf. Ich sehe mich mit schreckgeweiteten Augen um. Das Zimmer ist klein und verwohnt, die Heizung kalt, der Wind klappert unter dem Dach. Zerschlissene Tapete und Spinnenweben, von der Decke baumelt eine nackte Glühbirne. Es ist wie in einem Horrorfilm.

»Hast du einen Schlafsack dabei?«, fragt Ben, als würde er tatsächlich erwarten, dass ich an diesem Ort des Grauens übernachte.

»Nein?« Ich merke, wie mein Atem schneller wird. Ich kann das nicht. Tom, hörst du? Ich möchte kein Abenteuer, ich will nach Hause!

Ausgeschlossen, dass ich hierbleibe, vor allem nicht über Nacht.

Nur, heute Abend kommst du nirgendwo hin. Denn du bist bereits im Nirgendwo, kreischt eine überdrehte Stimme, die meiner ähnlich ist, schrill in meinem Kopf, während Ben mich besorgt mustert. Ich muss kreideweiß sein, wie eines der

Gespenster, die mit Sicherheit an diesem gottverlassenen Ort wohnen.

»Tee?«, fragt Ben in meine aufflackernde Hysterie.

Ich nicke, mein Nacken ist steif. Atmen, Luisa, ein und aus. Ein und aus. Wird schon.

Doch unten sieht es nicht besser aus. Wohin ich auch schaue: splitternder Lack, abgestoßene Kanten, fleckige Teppiche, gelbe Gardinen. In diesem Loch kann man doch nicht wohnen! Von welchem Dämon ist Ben Nikolaus besessen, dass er in dieser Bruchbude ein Antichrist-Programm fährt?

Den scheint die Patina nicht zu stören, er pfeift eine kleine Melodie, während er Wasser aufsetzt. Merkt er denn nicht, dass selbst Frankensteins Küche aufgeräumter ist?

Bevor ich vollkommen abdrehe, fokussiere ich mich auf seine Hände und was sie tun. Irgendwie beruhigt es mich, ihnen zuzuschauen, wie sie eine bauchige Kanne aus dem Küchenschrank holen und Tee in ein Sieb füllen.

»Und, gefällt es dir?«, fragt Ben mich unvermittelt.

»Es ist die Hölle, nur in eiskalt!«, rutscht es mir raus.

Bens Kopf ruckt, er blickt mich an, als erkenne er mein wahres Gesicht.

Ich wende mich rasch von ihm ab und tue so, als betrachte ich ein Fliesenpaar, das Hahn und Henne zeigt. Für die große Enthüllungsshow fühle ich mich gerade zu schwach.

»Luisa!« Glücklicherweise platzt Pixie in diesem Moment herein. »Hast du dich umentschieden?«

»Ähm, ja, offenbar.«

»Wie schön, dass du hier bist. Ist es nicht mega? So authentisch!«

In der Tat. So authentisch wie ungewaschene Füße.

Ich spare mir den Kommentar. Auf dem nackten Acker zu übernachten, ist auch keine Option. Außerdem freue ich mich, ein bekanntes Gesicht zu sehen, vor allem, wenn es so herzlich strahlt.

Pixie hakt sich bei mir unter und führt mich ins Wohnzimmer. Es ist spärlich beleuchtet. In einem Kamin prasselt Feuer. Fussel hat sich mittlerweile umgebettet, er liegt vor dem Sofa wie ein Teppich aus schwarzem Fell und gibt dem Raum eine entspannte Gemütlichkeit.

Pixie fläzt sich auf das Sofa, das aussieht, als hätte Ben es aus dem Sperrmüll, und klopft einladend auf den Platz neben sich. Zögernd setze ich mich zu ihr, auf die vorderste Kante. Ich traue den Polstern, und was in ihnen wohnen mag, nicht.

Fussel erwacht aus seinem Powernap, entdeckt mich, setzt sich vor mich und legt seinen schweren Kopf in meinen Schoß. Das spendet mir Trost. Und Wärme. Viel Wärme. Dazu kommt die Hitze vom Kamin. Bald schwitze ich wie in einer Hochleistungssauna.

Ich greife nach dem obersten Knopf meines Mantels. Darunter trage ich Rentier Rudolf mit Lichterkette im Geweih. Meine Weihnachtsgarderobe werde ich kaum länger verbergen können. Zumal ich keine Alternative in meinem Koffer habe. Auf allen Kleidungsstücken finden sich Schneemänner, Flocken, Hirsche und Tannen, das volle Programm.

Mittlerweile perlt mir der Schweiß von der Stirn. Dies ist der Moment der Entscheidung. Ich werde meine Weihnachtsgarderobe erklären müssen, daran besteht kein Zweifel. Nur wie?

Bin ich ehrlich?

Oder wird das die Geburtsstunde meiner Doppelidentität?

Ich lüge nicht gern. Aber einfach so, zack, die Wahrheit auspacken? Dann kann ich vermutlich gleich einpacken.

Ben kommt mit dem Tee und ein paar Keksen zu uns. Er reicht mir einen Becher und lächelt mich dabei an.

Mir wird noch heißer. Was nicht nur an dem dampfenden Tee liegt. Ich stehe so unter Druck, ich kann es kaum mehr aushalten.

In diesem denkwürdigen Moment beschließe ich also, mich als X-mas-Junkie auszugeben. Mit dieser Legende kann ich halbwegs leben. Im Grunde bin ich ja tatsächlich ein wenig weihnachtssüchtig. Nur, dass ich niemals freiwillig einen Entzug machen würde. Wie auch immer, bevor ich überkoche, ziehe meinen Mantel aus.

Sogleich schnaubt es neben mir verächtlich. Irgendwie finde ich Pixies Weihnachtsallergie gerade ein bisschen übertrieben. Vielleicht sollte ich ihr in einem ruhigen Moment eine Desensibilisierung vorschlagen. In homöopathischer Dosierung natürlich. Dafür würde ich ihr sogar meine Schneeflockensocken leihen, Weihnachten hochverdünnt.

Mein Pulli gehört allerdings eher in die Kategorie ›Konfrontationstherapie‹. Und dafür ist Pixie nicht bereit.

»Was soll das? Weihnachtskrams ist hier verboten!« Sie funkelt mich böse an.

»Ist doch nur ein Pullover«, beschwichtigt Ben sie. Seine blauen Augen ruhen auf mir, als wolle er hinter meine Fassade blicken.

Das darf ich nicht zulassen. Ich unterbreche den Blickkontakt und konzentriere mich auf meine neue Identität.

Erst zögernd, dann immer flüssiger, beichte ich meine Weihnachtssucht. Ich erzähle vom Plätzchenbacken im

Sommer, von den Sternen und den Lichterketten, die das ganze Jahr über in meinem Schlafzimmer leuchten. Nichts davon ist erfunden. »Meine Wohnung ist vollgestopft mit Besinnlichkeit, darin würde sogar der Nikolaus einen Kurzschluss kriegen.«

An dieser Stelle lacht Ben auf. Meine Ohren leuchten mittlerweile so rot wie die Nase von Rentier Rudolf.

Ich räuspere mich. Jetzt bloß nicht aus der Rolle fallen. »Nach unserem Gespräch im Zug, Pixie, habe ich darüber nachgedacht, ob ich dem Weihnachtswahnsinn erlegen bin. Die Antwort ist: Ja! Das möchte ich ändern, darum bin ich hier«, behaupte ich und füge kleinlaut hinzu: »Darf ich meinen Rentierpulli trotzdem behalten?«

»Klar.« Pixie tätschelt verständnisvoll meinen Arm. »Danke für deine Offenheit.«

Sofort fühle ich mich schlecht. Denn ich weiß, dass sie genau deshalb in diesem Aussteigercamp ist. Weil sie Unehrlichkeit verabscheut. Ich mag mir gar nicht ausmalen, was sie von mir denken wird, wenn alles herauskommt.

Fussel scheint meinen Schwindel jetzt schon zu riechen, denn er springt urplötzlich auf und heult wie eine Alarmsirene los.

Ich zucke zusammen, mein Puls schnellt hoch.

»Unser Abendessen, yay«, freut Pixie sich und verschwindet im Flur.

»Ein paar Leute waren einkaufen«, erklärt Ben.

Es gibt also noch mehr Rebellen? Wie weit hat sich das Camp schon herumgesprochen? Kann ich das Lauffeuer noch aufhalten?

Heiliger Tannenbaum, ich muss dringend meine Nerven in den Griff bekommen. Was mir nur schwer gelingt, wenn

Ben mich so ansieht wie jetzt. Als kenne er mich besser, als ich mich selbst.

Ob er etwas ahnt?

Oder handelt es sich um eine Art grotesker Faszination? Eine Anziehung zwischen zwei gegensätzlichen Polen. Nord und Süd. Plus und Minus.

Was auch immer es ist, ich spüre es auch. Ich verliere mich in dem Tiefseeblau seiner Augen und bin kurz davor, aufzustehen, mich an ihn zu lehnen und ihm mein Herz auszuschütten.

Ein Mädchen mit Kapuzenshirt, Nasenpiercing und blonden Flechtzöpfen hält mich davon ab. Sie steht in der Tür und mustert mich. Auf Abstand. Ich hebe die Hand zum Gruß, sie zeigt keine Regung. Kein Bock, freundlich zu sein, sagt ihre Miene.

»Hi Zoe, was Leckeres zum Abendessen gefunden?« Ben deutet auf die Einkaufstüte in ihrem Arm. Lauch spitzt oben heraus.

»Es gibt irgendwas Zusammengematschtes, so viel steht fest. Ich war mit den Einkäufen im Kofferraum von Matteos Mini-E-Ei eingepfercht. Das Teil hat nur zwei Sitze. Wusstest du das? Die Hinfahrt war noch okay, aber zurück kam ich mir vor wie eine Quetschkartoffel in der Biokiste, die meine Mutter jeden Mittwoch geliefert bekommt.«

Ich mag ihren Humor, lache aber nicht. Zoe sieht nicht danach aus, als fände sie das komisch.

»Wer hilft mir beim Kochen?«, frohlockt eine weitere Unbekannte aus dem Flur. Und ein Dritter, ein Mann, spricht mit Fussel, der draußen die Ankömmlinge begrüßt. »Ist ja gut, mein Freund. Ich habe dich auch vermisst.« Aufgedreht prescht der Hund nun wieder zu uns herein, dreht sich einmal um die eigene Achse, zwängt sich zwischen den Beinen des Mädchens hindurch und bringt sie damit fast zu Fall.

»Du wilde Hummel«, beschwert sie sich lachend.

Fussel kriegt sich gar nicht mehr ein vor Freude. Er jodelt wie ein Profi aus dem Hochgebirge.

Der Mann, der offenbar sein Lieblingsmensch ist, erscheint. Er hat schokoladenbraune Augen und Haare, einen sanften Blick und einen schön geschwungenen Mund. Auch er ist schwer beladen. Fussel weicht ihm keine Sekunde von der Seite. »Für dich habe ich einen saftigen Knochen ergattert«, verrät er seinem Hundefreund.

»Ich dachte, es gibt etwas Veganes?«, fragt Ben dazwischen.

»Linsenbolognese«, antwortet Zoe und sieht nicht besonders begeistert aus. »Hat 'ne Weile gedauert, bis wir alles bio, fair und vegan zusammenhatten.« Sie verdreht die Augen.

»Die Supermärkte waren total schlecht bestückt, was veganes Essen anbelangt«, beschwert sich die Frau aus dem Flur. Ich höre, wie sie ihre Schuhe in die Ecke pfeffert. »Als wenn nachhaltige Ernährung hier niemanden interessiert.«

Jetzt verdreht auch Ben die Augen. Ich muss unwillkürlich darüber lachen. Es fühlt sich an, als wäre ich inmitten einer chaotischen, aber liebenswerten Familie gelandet.

»Lasst uns einfach loslegen, sonst klaue ich noch Fussels Knochen. Ich bin so hungrig, ihr könntet mir sogar Holzspäne statt Parmesan auf die Nudeln machen«, sagt er und nimmt Zoe die Einkaufstüte ab.

Hätte die Küche nicht so ein apokalyptisches Design, würde ich sogar beim Kochen helfen. Das würde meine überspannten Nerven vielleicht etwas lockern. Aber die Erinnerung an den Schmutz hält mich zurück. Wenn ich heute noch etwas essen will, sollte ich besser nicht an der Zubereitung beteiligt sein.

Zum Glück gibt es genügend Freiwillige, unter ihnen die Frau aus dem Flur, die sich mir als Yvet vorstellt. Sie ist schätzungsweise Mitte zwanzig und erinnert mich mit ihren langen, hellblonden Haaren und der zarten sommersprossigen Haut an eine Elfe. Ihr Händedruck hingegen ist fest und wirkt genauso durchsetzungsstark wie ihre Stimme. Ich frage mich augenblicklich, was sie hierhergeführt hat.

Ist es wie bei Pixie eine Weihnachtsallergie? Oder ist sie Bens Freundin? Was, wenn hinter seinem Abtauchen eine Beziehungskiste steckt?

Diese Hypothese gefällt mir gar nicht.

Dann lieber der Partylöwe. Aber den kann ich wohl getrost von meiner Ermittlungsliste streichen.

Matteo, Fussels Herrchen, hat es sich in einem Sessel bequem gemacht. Fussel nagt zufrieden an einem Knochen, der von einem Dino sein könnte.

Wir stellen einander höflich vor, dann knistert eine Weile lang nur das Feuer im Kamin. Ich hänge meinen Gedanken nach, die sich langsam totlaufen, bis sie sich nur noch träge um die Frage drehen, was die Menschen in diesem Haus dazu bewegt, hier zu sein. Allen voran natürlich Ben.

Dafür muss ich meine Hemmungen abbauen, Privates zu erfragen. Auch wenn man sich nicht kennt. Nicht so mein Ding.

Aber ich habe keine Zeit, mich mit Ben anzufreunden, bevor wir über Persönliches reden können. Ich muss offen sein oder mich zumindest so geben.

Matteo sieht nett aus, wir sind unter uns. Ich beschließe, an ihm zu üben, und frage ihn um drei Ecken, so umständlich, ich kann mir selbst kaum zuhören, warum er sich in Bens Pension eingebucht hat.

»Wegen Fussel«, antwortet er und krault den gutmütigen Zottel hinter den Ohren.

Ich betrachte das Tier genauer. »Der Hund hat ein Weihnachtsproblem?«

Matteo verzieht seine sanften Lippen zu einem traurigen Lächeln. »Ja, so kann man es nennen.« Er schluckt hart. »Sein Frauchen ist an Heiligabend gestorben. Bei einem Autounfall. Fussel war dabei. Eingeklemmt auf dem Beifahrersitz. Es dauerte über eine Stunde, bis sie ihn aus dem Wrack befreien konnten.«

Was für eine herzzerreißende Geschichte! Das hatte ich nicht erwartet. Meine Augen füllen sich mit Tränen. Ich hocke mich zu Fussel und streichle sanft über seinen Rücken. Armer Kerl.

»Das Auto war nur noch Schrott, meine Schwester sofort tot«, fährt Matteo fort, seine Stimme wird brüchig. »Nur das Radio funktionierte noch. Es spielte die ganze Zeit über weiter, einen Weihnachtssong nach dem anderen.« Er macht eine Pause. Unsere Hände berühren sich in Fussels weichem Fell. Ich ergreife sie und halte sie kurz. Einen Augenblick lang schweigen wir in stiller Trauer. Dann räuspert Matteo sich und erklärt abschließend: »Seitdem flippt Fussel aus, wenn er Weihnachtslieder hört …«

Und denen kann man dieser Tage nirgends entgehen, vervollständige ich in Gedanken. Sogar mein Handy hat ›Jingle Bells‹ als Klingelton. Oh, oh, das muss ich sofort ändern, schließlich will ich Fussel nicht retraumatisieren.

Hektisch taste ich meine Taschen ab, finde aber nur Kaugummi. Wo ist das Ding bloß?

Bevor ich nach oben gehen und in meinem Reisegepäck danach suchen kann, drückt Pixie mir einen Stapel Teller in die Hand, damit ich den Tisch decke.

»Essen ist gleich fertig!«, frohlockt sie. Mein Bauch antwortet mit einem ungeduldigen Brummen, das Klingeltonthema muss also warten. Kein Problem, hier, am Ende der Welt, habe ich sowieso keinen Empfang.

Sorgsam platziere ich das Geschirr auf dem Esstisch, Matteo übernimmt das Besteck und zündet die Kerzen an. Fussel bewacht die Nudeln, die Yvet jetzt hereinbringt. Dazu kommt Zoe mit Brot und Salat. Zuletzt stellt Pixie den großen, gusseisernen Topf mit der Linsenbolognese auf den Holztisch.

Ben besorgt noch Rotwein und Gläser, von denen keines dem anderen gleicht, auch die Teller sind bunt gemischt, die Tafel sieht fantastisch aus. Wir sitzen zusammen wie eine große Patchworkfamilie, schmausen, trinken, lachen und diskutieren. Über die coolsten Serien – die Simpsons holen Platz eins, da sind sich alle einig – und die besten Bücher: Pixie liebt Horror, was mich nicht wundert, Matteo steht als Deutschlehrer auf Klassiker, vor allem die schweren, russischen Schinken, die Ben für unlesbar hält. Yvet schwärmt von französischer Literatur mit Tiefgang und Erotik und sieht Ben dabei mit ihren Katzenaugen verführerisch an. Die Vermutung, dass eine Liebesgeschichte die Lösung meines Rätsels ist, könnte tatsächlich stimmen.

Unauffällig beobachte ich die beiden eine Weile. Sie wären ein schönes Paar. Aber mir fehlen die kleinen Gesten und flüchtigen Berührungen, von denen heimlich Verliebte glauben, niemand würde sie bemerken.

Komischerweise bin ich über diese Erkenntnis erleichtert, auch wenn das bedeutet, dass ich weitersuchen muss.

Die Gespräche wandern zu Politik und Gesellschaft und landen unweigerlich bei der Kommerzialisierung jeglicher Werte, der oberflächlichen Bekundung von Zuneigung über Massenware, dem Hedonismus ohne jeden Tiefgang.

Mir gefallen der philosophische Weinabend, die Ansichten und Anekdoten aus fremden Leben. Zoe hingegen zieht sich aus alldem raus, sie hat ihre Kopfhörer aufgesetzt und nimmt sich, ohne zu fragen, die letzten Spaghetti, was niemanden zu stören scheint außer Fussel. Er guckt ein wenig beleidigt. Matteo holt ihm zum Trost ein Würstchen aus der Küche; die beiden sind so süß, dass mir das Herz überfließt.

Ein wenig erinnert mich der Abend an die Hochglanzweihnacht im Lifestyle-Magazin, nur ohne Tannenbaum und Tischdeko, dafür mit glänzenden Augen, strahlendem Lächeln und geröteten Wangen. Ich lasse mich von der ungezwungenen Atmosphäre tragen und vergesse sogar für einen Moment, weshalb ich hier bin. Bis es Zeit ist, ins Bett zu gehen ...

Kapitel 8

8. Dezember, noch vor dem Morgengrauen

Die Nacht war ein Alptraum. Ich habe kaum ein Auge zugetan. Und das lag weder der grausigen Einrichtung noch an irren Spukgestalten. Im Gegenteil. Die Matratze ist erstaunlich bequem und die Biberbettwäsche, die Ben mir zusammen mit den besten Wünschen für süße Träume gab, warm und weich. Auch dass ich nicht allein in dem kargen Raum schlafen musste, war ein Trost. Pixie bezog eine Isomatte neben mir und erzählte mir von ihrer Arbeit als Sozialarbeiterin in einer Justizvollzugsanstalt, bis sie mitten im Satz einschlief.

Ich hingegen wälzte mich stundenlang von rechts nach links und wieder zurück. Auf der einen Seite will ich mehr über Ben Nikolaus und seine Beweggründe erfahren. Er ist wie ein geheimnisvolles Buch, das man nicht aus der Hand legen kann. Andererseits ist es ein absolutes No-Go, seinen Chef auszuspionieren. Wie sollen wir je vertrauensvoll zusammenarbeiten?

Dieses Spiel kann ich nur verlieren. Bringe ich den Junior

nicht nach Hause, feuert mich der Senior. Und wenn ich es tue, schmeißt mich Ben raus.

Total verfahren diese Kiste.

Zumal ich mir mittlerweile nicht mal mehr sicher bin, ob die Weihnachtsrebellion wirklich eine üble Sache ist.

Für Matteo und Fussel ist sie ein Geschenk. Die beiden wirken glücklich und gelöst. Nichts erinnert sie hier an die schlimme Zeit, die sie durchmachen mussten. Wo sonst sollten Menschen mit einem Weihnachtstrauma Zuflucht finden?

Als ich frühmorgens schlaftrunken ins Bad wanke, bin ich beinahe so weit, die Seiten zu wechseln und eine Rebellin zu werden. Bis ich todesmutig in die antike Dusche steige. Das eiskalte Wasser ernüchtert mich. Sofort bin ich hellwach. Und weiß wieder, warum ich schnellstmöglich von hier verschwinden will.

Nein, ich werde mich nicht von Bens wirklichkeitsferner Utopie einlullen lassen. Mein Leben findet in geordneten Verhältnissen statt und bietet einige Annehmlichkeiten, die ich nicht verlieren möchte. Dafür brauche ich einen Job, denn Heizung und Warmwasser bezahlen sich nicht von allein.

Entschlossen, meinen Auftrag heute mit Hochdruck anzupacken, schlüpfe ich in meinen Norwegerpulli mit Eisbärenmuster und folge dem Kaffeeduft bis in die Küche.

Dort lehnt Ben an der Kochinsel, einen dampfenden Becher in der einen, Toast mit Marmelade in der anderen Hand.

»Kaffee?«, fragt er mit einem Lächeln, das meine steifgefrorenen Glieder und meine professionelle Distanz schmelzen lässt. Ich mag ihn. Sehr.

Das ist nicht gut. Gar nicht gut.

Er gießt mir einen Becher ein und ich nehme einen großen

Schluck, egal, wie schwarz und bitter er ist. Ich brauche einen klaren Kopf, sonst verstricke ich mich in meinen verwirrenden Gedanken – und Gefühlen.

»Guten Morgen, kleiner Maulwurf!« Pixie, die jetzt dazukommt, tätschelt mir freundschaftlich den Rücken und lenkt mich damit von dem merkwürdigen Pochen in meiner Brust ab. Sie nimmt sich einen Apfel und beißt herzhaft hinein. „Bin ich müde." Sie gähnt.

»Habe ich dich wachgehalten?«, frage ich schuldbewusst.

»Du hast gewühlt, als wolltest du einen Fluchttunnel buddeln.«

Ich verschlucke mich fast an meinem Kaffee, so nah kommt sie der Wahrheit. Es ist nur eine Frage der Zeit, bis ich auffliege. Mein Unterbewusstsein wird mich verraten, es will raus aus dem Lügengeflecht. Das bin nicht ich, genauso wenig wie eine Detektivin oder Outdoor-Aktivistin.

»Du bist also im Maulwurfmodus«, sagt Ben mit einem Zwinkern. »Das passt. Heute misten wir die Werkstatt aus. Da kannst du dich durch jede Menge Müll graben.«

Wie kann er mir das antun? Mein schlechtes Gewissen ihm gegenüber schrumpft, ich denke, wir sind quitt. Spätestens dann, als er mir unerwartet ein Paar Arbeitshandschuhe zuwirft, und ich beim Fangen Kaffee über meinen Eisbärenpulli schütte.

Kurze Zeit später stehe ich in der Werkstatt, die aussieht, als würde Graf Dracula hier seine Särge zimmern. Spinnenweben hängen in den Ecken, im Dämmerlicht entdecke ich die Knochen einer toten Maus. Die Scheiben sind blind, eine dicke Decke aus Staub liegt auf schweren Maschinen. Wie Riesen aus einer längst vergessenen Zeit stehen sie da. Eine Mischung aus Grusel und Romantik erfasst mich.

Bedächtig gehe ich umher, berühre Hobel und Stecheisen, atme den Duft von Holz und Öl, und meine Fantasie zeichnet goldenes Licht und niedliche Schnitzfiguren in die verwahrloste Szenerie. Wahrscheinlich handelt es sich dabei um einen Schutzreflex, der prompt aufhört zu wirken, als ich über eine verdreckte Toilettenschüssel stolpere. Igitt! Ich mache einen großen Bogen darum.

Pixie hingegen packt das Klo herzhaft und sieht mich auffordernd an. »Hilfst du mir?«

Sorry. Ich bin raus.

Hilfesuchend sehe ich mich um. Matteo schleppt rostige Rohre, Fussel apportiert eine Plastikflasche, Ben und Yvet kümmern sich um kaputte Fenster. Nur Zoe klappert mit einem Schraubenschlüssel auf Eimern und Farbtöpfen herum. Ein cooler Blechdosenblues kommt dabei heraus. Beneidenswert, wie sie es schafft, sich dem Gruppenzwang zu entziehen. Ich selbst habe nicht so viel Glück.

»Komm schon. Das Teil ist scheißschwer!«, motzt Pixie ungeduldig. Ihre ungeschminkte Art, die Dinge beim Namen zu nennen, bringt mich unwillkürlich zum Lachen, obgleich mir überhaupt nicht danach zumute ist. Hätte ich wenigstens vernünftige Arbeitsklamotten! Ich werfe einen letzten wehmütigen Blick auf meinen Mantel und verabschiede mich im Stillen von ihm, dann hieve ich das WC gemeinsam mit Pixie hoch. Wir stöhnen und fluchen, während wir es in den Schuttcontainer wuchten. Danach schmeißen wir uns in alberne Siegerposen. Und tatsächlich fühle ich mich stark. Als hätte ich viel mehr als nur eine eklige Badkeramik bezwungen. Nichts kann mich aufhalten! Ich sehe mich nach einer neuen

Herausforderung um und entdecke Ben, der mit Yvet eine Plane zusammenfaltet.

»Den hat sie bald eingewickelt«, meint Pixie, die meinem Blick wohl gefolgt ist.

Wusste ich es doch. Zwischen den beiden läuft was. »Was meinst du damit?« Ich gebe mich betont naiv, um mehr zu erfahren.

»Yvet sucht einen Mann«, antwortet Pixie. »Und zwar nicht den Weihnachtsmann.« Sie kichert über ihren eigenen Witz.

Mir ist das Lachen vergangen. Nikolaus junior gehört mir! Zumindest bis ich ihn im Büro seines Vaters abgeliefert habe.

Ohne länger darüber nachzudenken, schnappe ich mir eine Leiter, drehe mich ungeschickt um die eigene Achse, fege Yvet damit aus dem Weg, entschuldige mich scheinheilig und bitte Ben um Unterstützung.

»Hör mal, wir sind gerade beschäftigt!«, zischt Yvet und funkelt mich giftig an.

»Womit?« Ich sehe mich unschuldig um, die Plane ist längst zusammengepackt. Yvet verschränkt trotzig die Arme vor der Brust, Ben fragt mich, wobei er behilflich sein kann.

Ich deute vage nach oben, auf einen Zwischenboden, der, wie mir bei näherem Hinsehen auffällt, übel ausschaut.

Yvet lehnt eine Mitarbeit dankend ab und widmet sich lieber vergammelten Kartons. Die wären mir nach kurzem Abwägen auch lieber.

Doch ein Rückzug kommt nicht mehr in Frage, Ben hat die Leiter bereits angestellt. Mutiger als ich eigentlich bin, steige ich darauf. Ben sichert von unten, trotzdem fühle ich mich wackelig. Das Supergirlgefühl von eben ist verflogen. Höhe bekommt mir nicht.

Oben erwartet mich ein Bild des Grauens. Zwischen Farbeimern und Pinseln liegen jede Menge Insektenleichen. Mir wird mulmig. Ich schließe kurz die Augen, fokussiere mich auf meinen Auftrag und visualisiere die Kardamomschokolade, die mein Lohn für diesen Horrortrip sein wird.

»Und, was hast du mit der Tischlerei vor?«, beginne ich so beiläufig wie möglich meine Befragung, während ich nach einem der Farbtöpfe angle.

»Mal sehen.« Er nimmt mir das Teil ab. »Ich entrümple erst mal, der Rest wird sich finden.«

Er hat also keinen Plan. Na toll! Wie soll ich ihn von etwas abbringen, wenn er nicht mal selbst weiß, was er in diesem Loch will?

Durchschnaufen, nächster Versuch: Ich ziehe die Familienkarte. Vielleicht finde ich heraus, weshalb er weggelaufen ist. Dass sein Vater dabei eine Rolle spielen könnte, erscheint mir nicht abwegig. »Was hältst du davon, ein Mehrgenerationenhaus aus dem Objekt zu machen?«

»Nein«, antwortet er knapp und so scharf, dass ich einen Blick nach unten werfe. Schmerz und Zorn spiegeln sich in seinen Augen. Mir tut es augenblicklich leid, meinen Finger in eine Wunde gelegt zu haben.

Um ihn davon abzulenken, greife ich etwas Unverfängliches vom gestrigen Abend auf. »Du findest also Tolstoi unlesbar?«

»Zumindest in der Originalversion, Russisch ist nicht so meins«, gibt er zurück. Ich mag seine Schlagfertigkeit.

»Was liest du denn?« Mir ist aufgefallen, dass er über seine Büchervorlieben nichts verraten hat. So wie ich auch. Wir scheinen beide nicht alles von uns preiszugeben.

»Unterhaltungsliteratur.«

»Dorfkrimi oder Damenklatsch?«, hake ich nach, um ihn aus der Reserve zu locken.

Er steigt zu mir auf die Leiter, greift um mich herum, scheinbar um nach einem Karton voll Schrauben zu angeln, und flüstert mir dabei ins Ohr: »Beziehungskisten.«

Sein Atem streift meinen Hals, seine Wärme trägt ein würziges Tannenaroma. Ich schließe die Augen und verliere mich einen Moment. Ein Mann, der Liebesgeschichten mag. Spätestens jetzt bin ich ein bisschen verknallt und möchte einfach alles über ihn erfahren. Mag er das Meer oder die Berge? Brot oder Brötchen? Kaffee oder Tee?

Abwesend taste ich nach ein paar ollen Lappen. Alles ist staubig und voller Spinnenweben. Gruselig. Etwas Vielbeiniges krabbelt über meinen Nacken – und ich flippe aus. Von Null auf Hundert. Kreische, fuchtele und reiße dabei eine Menge Müll und Ben, der unter mir steht, mit runter, während ich in die Tiefe taumle.

Der Aufprall presst mir die Luft aus den Lungen. Dann ist alles ruhig.

Einen Augenblick lang liegen ich, Ben und der Müll einfach nur da. Wie eine bizarre Installation. Titel: ›Kartenhaus, in sich zusammengefallen. Holzlasur auf Mensch.‹ Das Zeug sickert durch meine Klamotten. Es stinkt unerträglich. Ruckartig richte ich mich auf und huste.

»Bist du okay?«, fragt Ben und hält mich an den Schultern fest. Besorgt blickt er mir in die Augen, ich versinke darin und möchte nur noch eins: Alles um mich herum vergessen. Meinen Auftrag, das Versteckspiel, die Holzlasur, die auf meiner Haut klebt ...

Nichts ist okay.

»Ist jemand verletzt?« Matteo kommt angelaufen. Fussel folgt ihm auf dem Fuß.

»Mir geht es gut«, lüge ich und mache mich von Ben los. Wie durch einen Tunnel laufe ich zum Haus, wasche mich notdürftig und ziehe mich um. Dann packe ich meine Sachen. Ich muss hier raus. Solange wenigstens mein Gewissen noch einigermaßen rein ist.

Unten wartet Matteo auf mich. Er hat Tee für mich gekocht.

»Das ist lieb, aber ich muss los«, lehne ich dankend ab.

»Womit? Zu Fuß? Ben ist mit dem Pickup irgendwohin und bei meinem Auto lädt der Akku«, erklärt Matteo und reicht mir seinen Schal. »Lass uns ein Stück gehen.«

Ich will nicht, aber Fussel freut sich auf den Spaziergang und hierzubleiben ist keine Option. Also machen wir uns auf den Weg.

Kapitel 9

Was von diesem Tag noch übrig ist – viel erwarte ich nicht

»Das Schicksal meint es heute wohl nicht gut mit dir, was?«, sagt Matteo, nachdem wir ein Stück schweigend nebeneinanderher gegangen sind. Der Wald ist moosgrün und dicht, ich atme den würzigen Duft ein und muss schon wieder an Ben denken und die Unehrlichkeit ihm gegenüber. Kein Wunder, dass das Universum sauer auf mich ist.

»Ist vielleicht Karma«, antworte ich. Zwar kenne ich mich mit spirituellen Spielregeln nicht aus, aber ich habe das unbestimmte Gefühl, dass ich für meine Lügerei zahlen muss.

Matteo spinnt den Faden weiter: »Glaubst du an ein göttliches Prinzip?« Er hat eine angenehme, tiefsinnige Art an sich, die mich zur Ruhe bringt.

»Ein göttliches Prinzip?«, wiederhole ich nachdenklich. Ab und an schicke ich ein Stoßgebet in den Himmel, wenn ich dringend Beistand brauche. Ansonsten regle ich mein Leben selbst. Inniges Wünschen reicht nämlich nicht, wenn man etwas erreichen will, das weiß ich aus Erfahrung.

»Es gibt keinen Beweis dagegen«, antworte ich ausweichend.

»Aber auch nicht dafür.« Bitterkeit liegt in seiner Stimme. Ich kann mir denken, dass der Tod seiner Schwester ihm den Glauben genommen hat.

»Sie war ein herzensguter Mensch«, bricht es unvermittelt aus ihm heraus. »Und dann stirbt sie ausgerechnet an Weihnachten. Das Fest, das sie so sehr liebte. Welcher Gott lässt das zu?« Er schickt die Frage nach oben, die graue Wolkendecke, die man zwischen den Baumkronen erkennen kann, schluckt seinen Schmerz mit stoischer Gleichgültigkeit.

»Das ist nicht fair«, sage ich und nehme ihn in den Arm. Das Anlehnen und Festhalten tun gut. Jeder für sich ist verloren, zusammen sind wir ein Fels.

Was, wenn es kein Zufall ist, dass wir uns begegnet sind? Sondern Schicksal.

Meint es das Universum vielleicht sogar gut mit mir und dieser Abschiedsspaziergang ist der Anfang von etwas Neuem?

Eigentlich wäre jetzt der Zeitpunkt, an dem wir uns voneinander lösen sollten. Aber Matteo rührt sich nicht, und ich bleibe in seinen Armen, möchte mich einfach fallen lassen.

Ich spüre seine Hand in meinem Nacken, seine Stirn berührt meine, wir sind uns sehr nah. Der Moment kurz vor einem Kuss. Doch irgendetwas hält mich zurück.

Und damit meine ich nicht Fussel, der sich zwischen uns drängt und Stöckchen spielen will. Hechelnd lässt er einen armdicken Ast auf unsere Füße fallen und zerstört damit jede Romantik.

»Hey, du Stromer!«, sagt Matteo, er wirkt etwas verlegen, was ihn nur noch sympathischer macht.

Ich bereue nicht, ihm nah gekommen zu sein, bin mir aber

nicht sicher, ob ich eine Fortsetzung möchte. Es war schön. Aber reicht das aus?

Gedankenversunken hebe ich den Stock auf und werfe ihn. Er bleibt in einem Baum hoch oben hängen, als wolle er ein Zeichen setzen: Wer zu viel will, bekommt am Ende gar nichts.

»Tut mir leid«, entschuldige ich mich halb bei Fussel, halb bei Matteo.

»Mir nicht.« Matteo tröstet Fussel mit einem anderen Stock. Sein Lächeln sagt mir, dass alles okay zwischen uns ist. Was auch immer aus uns beiden werden mag.

Wer weiß, ob er mich überhaupt noch wollen würde, wenn er meine Schattenseite kennt, denke ich, während wir uns auf den Rückweg machen. In den Wipfeln der Bäume rauscht der Wind, in mir drin tobt ein Sturm. Er rüttelt an meinen Überzeugungen und Grundsätzen, wühlt im Dreck meiner Vergangenheit und wirbelt längst vergessenen Herzschmerz auf.

Meine erste große Liebe verlor ich kurz vor dem Abi. Wir hatten Pläne, wollten zusammen studieren und die Welt bereisen. Aber dann zog er mit meiner Freundin los, während ich in der Eisdiele jobbte. Das war doppelt hart: Mein Herz war gebrochen, und ich hatte nicht mal mehr eine beste Freundin, die mich trösten konnte. Ohne meinen Ferienjob, der mich ablenkte, und jede Menge Schokoladeneis hätte ich diesen Sommer nur schwerlich überlebt.

Danach erhaschte ich immer mal wieder eine kleine rosa Wolke, die sich im Alltag jedoch schnell in Luft auflöste.

Warum ist das so? Erwarte ich zu viel von der Liebe?

Sie ist neben Weihnachten das Einzige, bei dem ich mir das Träumen nicht verbiete. Kein Wunder, dass ich Single bin. Ich sollte aufhören, auf den perfekten Prinzen zu warten.

Aber brauche ich denn überhaupt einen Partner, um glücklich zu sein?

»Was ist wirklich wichtig im Leben?«, spreche ich meinen letzten Gedanken laut aus.

Matteo macht ein Geräusch, als halte er das für eine außerordentlich gute Frage, und antwortet darauf: »Einige kluge Leute glauben, dass der Schlüssel zum Glück in einer gesunden Erwartungshaltung liegt. Das habe ich mal gelesen.« Er legt den Kopf schief. »Wobei ich finde, dass gutes Essen, ein sicheres Zuhause, nette Leute und eine schnelle Internetverbindung dazugehören.«

»Und ein Job, sonst könnte man sich das alles nicht leisten«, füge ich hinzu.

»Am besten einen, der dein Leben mit Sinn füllt!" Matteo macht eine weitschweifende Geste, die er gleich darauf zurücknimmt. „Wobei, das erscheint mir doch ein wenig überambitioniert.«

Ich nicke erleichtert. Im Grunde habe ich die besten Voraussetzungen für das große Glück. Ich muss nur meine romantischen Erwartungen besser managen – und meinen Traumjob nicht verlieren!

Was mich zurück zu meiner eigentlichen Mission bringt. Ich bin nicht hier, um die große Liebe zu finden, sondern um meinen Arbeitsplatz nicht zu verlieren! Wieder auf dem richtigen Weg laufe ich zielstrebig zurück zur alten Tischlerei.

Kapitel 10

Liebes Universum, du machst mich fertig. Lange hält mein Kreislauf diese Achterbahnfahrten nicht mehr aus

Als ich durch das Hoftor trete, erwartet mich eine Überraschung, die meine festen Vorsätze, mich gefühlstechnisch unter Kontrolle zu halten, solange ich undercover unterwegs bin, zunichtemacht.

Ben hievt mit Matze eine Badewanne von der Ladefläche seines Pickups. Sie ist traumhaft, mit Klauenfüßen und Messingarmatur.

»Für dich«, sagt er, als ich wie angewurzelt davor stehenbleibe. »Tut mir wirklich leid, dein Sturz und die ganze Sauerei. Ich ersetze dir den Mantel selbstverständlich.«

Mir fehlen die Worte. Das ist das Netteste, was je jemand für mich getan hat. Mein Herz schwillt an, als wolle es vor Freude platzen. Ich bin kurz davor, Ben um den Hals zu fallen und ihn niederzuknutschen. Wäre ich nicht vor Glück gelähmt. Und ein bisschen verlegen. So, als hätte er mir einen Strauß roter Rosen geschenkt.

»Danke«, sage ich heiser und streiche ehrfürchtig mit den Fingerspitzen über die Emaille, als wäre es ein Bugatti.

»Schickes Teil«, bestätigt Matteo, und Matze erzählt ihm,

dass sie sie aus einem alten Herrenhaus haben, das in ein Hotel umgebaut wird. Die Männer besehen sich die Anschlüsse. Matze hat von einem Kumpel Siphon und Überlauf, Rippenschläuche und Dichtungen besorgt.

»Leider habe ich keine Ahnung, wie ich das alles in der richtigen Reihenfolge zusammenbauen soll.« Ben zieht seine Wollmütze runter und wuschelt sich ratlos durch die Haare.

»Aber ich«, meint Matteo, während er sich die Materialien besieht. »Wenn wir uns ranhalten, schaffen wir es heute noch.« Jetzt könnte ich Matteo küssen und Ben, Matze und Fussel gleich mit.

Ich schwebe auf einer rosaroten Schaumbadwolke.

Bevor ich etwas Unüberlegtes tue, verziehe ich mich in die Küche, wo die anderen dabei sind, eine Suppe zu kochen.

Ich platze gut gelaunt in ihre Mitte. »Heute Abend machen wir Wellness, Ladies! Ben hat eine Badewanne besorgt. Ist das nicht Luxus?«

»Ich lasse dir den Vortritt, du hast es am nötigsten«, sagt Yvet spitz. Sie ist ganz offensichtlich noch sauer auf mich, weil ich ihren Flirtversuch vereitelt habe.

»Ist mir recht!« Ich grinse sie kess an. Nichts kann meine gute Laune trüben. Für ein ausgedehntes Schaumbad bin ich sogar bereit, kleine Seitenhiebe einzustecken.

»Voll nett von Ben«, findet Pixie, die gerade Kartoffeln schält. »Ich mag ihn, er ist cool.«

»›Heiß‹ trifft es besser«, meint Yvet. »Weiß eine von euch, woher er kommt und was er beruflich macht?«

Pixie zuckt die Schultern. »Keine Ahnung, ist mir aber auch egal. Hauptsache, er ist ein toller Mensch.«

Mir ist es allerdings nicht egal, dass Yvet in Bens Biografie herumstochert. Sie soll die Finger von ihm lassen! Nicht auszudenken, wenn sie erfährt, wer er ist, und es überall herumerzählt.

»Was tust du eigentlich, Yvet, wenn du nicht gerade Möhren in einer abrissreifen Küche schnippelst?«, frage ich, um sie abzulenken.

»Ich arbeite als freie Journalistin«, antwortet sie. »Und du?«

Ich? Bin geliefert!

Ausgerechnet eine Journalistin! Ihre Spürnase wird Bens Geheimnis in Nullkommanichts entlarven. Und meines gleich mit.

Was nun?

In meinen Ohren rauscht es, so sehr wirbeln meine Gedanken durcheinander. Ich stehe vor einer tickenden Zeitbombe und habe keine Ahnung, welchen Draht ich durchtrennen muss.

Yvet taxiert mich, sie wartet auf eine Antwort. Vielleicht riecht sie sogar bereits eine Story.

»Strategieexpertin«, stottere ich. »Bei einer Wurstfabrik«, füge ich noch hinzu, um von *Niklaus & Sohn* abzulenken.

»Als Vegetarierin?« Pixie hebt die Augenbrauen. Ihr Lügendetektor hat offenbar angeschlagen.

»Ist nur vorübergehend«, improvisiere ich.

»Moralisch inkorrekt, das ist es!«, kontert Yvet scharf. »Du verdienst dein Geld mit dem Tod wehrloser Tiere.« Sie redet sich in Rage, haut mir entsetzliche Fakten über Massentierhaltung und Schlachthöfe um die Ohren.

»Du hast ja Recht«, lenke ich ein, erleichtert, dass ich ihr Interesse an Ben zerstreuen konnte. Nur, für wie lange?

Nach dem Abendessen wartet die nächste schlaflose Nacht auf mich. Selbst das heiße Bad kann mich nur kurzzeitig entspannen. Auch wenn es himmlisch war. In dieser Badewanne fühlt man sich wie eine Königin, ich habe mir sogar eine Schaumkrone aufgesetzt.

Doch nun ist der Spaß vorbei, die Nacht ist schwarz und still, nur ich bin in heller Panik.

Egal auf welche Seite ich mich drehe, ob ich die Augen zukneife oder mir die Decke über den Kopf ziehe – ich höre das Ticken der Bombe, sehe meine Karriere explodieren und komischerweise ein kitschiges Porzellanherz zerbrechen. Vollkommen verschwitzt und gerädert stehe ich irgendwann auf und tapse runter in die Küche, um mir eine Honigmilch zu machen.

Der Boden klebt unter meinen nackten Füßen. Angeekelt stelle ich mich auf Zehenspitzen und versuche, den Herd anzuzünden. Gas strömt aus, nichts passiert, außer dass es gefährlich riecht, na toll.

Normalerweise würde ich die Finger vom Gashahn lassen und lieber auf den Schlummertrunk verzichten, anstatt das Haus abzufackeln. Aber das ist ein Notfall. Ich brauche dringend einen Seelentröster!

Wieder und wieder drehe ich an dem Knopf, meine Waden brennen, lange halte ich den Zehenstand nicht mehr aus.

Kurz bevor ich aufgeben will, bekomme ich eine prächtige Flamme zustande. Es fühlt sich großartig an, fast so, als wäre ich eine Titanin, die das Feuer vom Olymp stahl. Wie eine Ballerina im Anfängerkurs tripple ich einen Freudentanz. Langsam verstehe ich Tom und seine Abenteuerlust.

Ich stelle den Milchtopf darauf und rühre abwesend darin herum. Meine Gedanken sind schon wieder bei Ben. Vielleicht sollte ich ihn jetzt gleich wecken und ihm geradeheraus sagen, wieso ich hier bin.

Die Szene läuft wie ein Film vor meinen Augen ab. Ich sehe die Enttäuschung in seinem Gesicht, spüre die Wut auf seinen Vater. Und auf mich. Etwas Scharfes bohrt sich in meinen Bauch. Nein, ich kann das nicht tun. Zumindest jetzt noch nicht.

Aber bringt es überhaupt was, zu warten? Ob ich nun seine Motive kenne oder nicht, am Ende läuft es doch auf das Gleiche hinaus: Ich muss die Katze irgendwann aus dem Sack lassen. Und das wird böse Kratzer geben.

Die Milch kocht über, ich fluche, verfluche mich selbst.

Verflixt, Luisa, du drehst dich im Kreis. So geht es nicht weiter.

Sollte ich aufgeben?

Nicht so mein Ding.

Darauf warten, dass sich alles von selbst fügt?

Ich lach mich weg.

Es gibt nur eine realistische Option auf ein halbwegs glückliches Ende dieser Geschichte: Eine Flucht nach vorn. Ich muss es schaffen, dass er mit seinem Vater redet. Und zwar bevor Yvet alles ans Licht bringt.

Ich wische die Sauerei auf, trinke die leicht angeröstete Milch, lösche das Licht und erstarre, als ich aus dem Fenster schaue. Draußen sitzen zwei Menschen im Schein eines Baustrahlers. Sie drehen mir den Rücken zu. Der eine trägt ein Holzfällerhemd, die andere einen blonden Dutt. Ben und Yvet. Verdammt. Wie lange unterhalten die sich schon? Es ist kurz nach Mitternacht. Hoffentlich ist es nicht schon zu spät.

Ich muss sie auseinanderbringen. Und zwar sofort.

Zeit für ein verzweifeltes Stoßgebet.

Bitte, Universum, bitte. Hilf mir!

Als ich die Augen wieder öffne, sehe ich die Antwort auf mein Flehen: Eine Katze schleicht über den Hof. Jetzt brauche ich nur noch einen Hund hinzufügen, und das Chaos ist perfekt.

»Fussel«, rufe ich leise, um meinen Hundefreund zu wecken. Der ist sofort bereit für einen nächtlichen Ausflug. Ich lasse ihn zur Tür hinaus und höre kurz darauf sein Kläffen, als er die Katze entdeckt. Zwei Schatten fegen über den Hof, der Baustrahler kippt, ich höre Yvet kreischen, als Fussel über ihren Schoß hechtet. Vorbei ist die LED-Romantik.

Nimm das, Yvet! So leicht mache ich es dir nicht. Was sollte das überhaupt werden? Ein feinstaubfreies Lagerfeuer?

Das kann ich besser!

Adrenalin pulsiert durch meine Adern, mein Kampfgeist ist geweckt. In meinem Hinterkopf klickt es, ein Plan macht sich auf den Weg. Er trägt den Decknamen ›Teambuilding-Event‹. Etwas, das die Gruppe zusammenschweißen soll. Vor allem aber Ben und mich.

Kapitel 11

9. Dezember, und ich bin noch immer keinen Schritt weiter. Aber bald. Sehr bald

»Gute Idee, ich bin dabei«, findet Matteo, als ich ihm am nächsten Morgen meinen Plan vorstelle. Auf ihn ist Verlass, ich schicke ihm in Gedanken ein Bussi.

»Lagerfeuer ist cool«, bringt Zoe sich ausnahmsweise ein. Auch sie bekommt ein strahlendes Lächeln von mir.

Pixie findet das zu heileweltmäßig, Yvet bemängelt die Feinstaubbelastung, ich unterdrücke einen lauten Lacher, den Witz daran würde außer mir niemand verstehen, und Ben zögert. Komm schon, gib mir eine Chance!

Ich lege noch Stockbrot obendrauf.

»Da kann ich nicht widerstehen. Überredet«, sagt er.

Damit habe ich eine Mehrheit!

»Aber erst müssen wir Holz hacken.«

Mein Siegerlächeln verrutscht. Muss denn bei diesem Projekt alles mühsam sein? Sogar ein läppisches Lagerfeuer? Wobei ich zugeben muss, dass ich noch nie selbst eines gemacht, sondern mich nur gemütlich davorgesetzt habe.

Auf in ein neues Abenteuer!, spreche ich mir Mut zu.

Leider wärmt mich mein Eifer nicht, und einen Mantel habe ich seit gestern nicht mehr. Die Temperaturen sind über Nacht ins tiefe Minus gesunken; für Strickpullis, selbst wenn ich zwei übereinander ziehe, ist es viel zu kalt.

Aber ich bin wild entschlossen, das hier durchzuziehen.

Also bibbere ich wenig später leise vor mich hin, während ich darauf warte, dass Ben den Pickup startet, um uns zum Holzplatz zu bringen.

Fehlt nur noch Yvet. Wo bleibt die denn? Als sie endlich einsteigt, bin ich bereits ein Eisblock.

»Kann losgehen!«, trällert sie beschwingt und lässt dabei etwas in meinen Schoß fallen. Es ist mein Handy. »Hast du oben vergessen«, behauptet sie mit unschuldiger Miene. Und als ich nichts sage, weil mir vor Schreck die Spucke im Hals festfriert, fügt sie hinzu: »Gern geschehen.« Dann lehnt sie sich vertraulich zu mir und flüstert: »Wenn du über dein Kaugummi-Problem reden willst, ich bin für dich da.«

Ich fasse es nicht, sie hat meine Sachen durchwühlt! Das Smartphone lag in meiner Handtasche, da bin ich mir sicher. Schnüffelt sie mir etwa hinterher? Ahnt sie gar, wer ich bin?

Mein Kreislauf läuft auf Hochtouren, warm wird mir davon leider trotzdem nicht. Es ist kalte Panik, die mich ergreift. Was, wenn sie auf dem Sperrbildschirm einen Hinweis auf meine Identität gefunden hat?

Unauffällig werfe ich einen Blick darauf. Und atme auf. Kein Empfang, keine Nachrichten. Vielen Dank, liebes Funkloch. Es verschafft mir Deckung und eine gute Ausrede, warum ich mich nicht bei meinem Arbeitgeber melde. Ewig kann ich mich aber nicht wegducken. Nikolaus senior wartet mit Sicherheit ungeduldig auf ein Update, und sein Blutdruck macht diese Zitterpartie nicht ewig mit. Meiner übrigens auch nicht.

Darum darf auch nichts mehr schiefgehen.

Ich stecke das Smartphone in meine Jeanstasche und knete meine steifen Finger. Heute Abend muss ich Ben knacken. Wenn ich bis dahin nicht an einer Lungenentzündung gestorben bin.

Als wir am Holzplatz ankommen, ist es gerade ein wenig warm im Auto geworden. An der Scheibe kleben Eisblumen. Ich will nicht aussteigen. Meine Entschlossenheit schmilzt paradoxerweise dahin. Bevor sie sich vollends in Luft auflöst, springe ich mit einem Satz aus dem Wagen.

»Kalt?«, fragt Ben, als ich mir bibbernd die Arbeitshandschuhe überstreife.

»Ach was.« Ich winke ab. »Saukalt!«

Er findet das witzig. Sein Lachen gefriert in weißen Wolken vor seinem Mund, während er, ohne zu zögern, sein gestepptes Karohemd auszieht und es mir über die Schultern legt. Sein Blick trifft dabei meinen, sie verschränken sich ineinander, wie die Hände eines Liebespaares.

Ich kuschle mich in seine Wärme, die der weiche Stoff aufgenommen hat, und fühle mich ihm so nah, als läge ich in seinen Armen.

»Besser?«

»Mehr als das. Danke.«

Ich kann nicht aufhören, in seine Augen zu schauen, es ist wie ein Sog. Alles um uns verliert die Konturen, als stünden wir zwei in einer Schneekugel, abgeschieden von der Welt und allen Sorgen.

Mein Tagtraum endet jäh, als Pixie die Kettensäge

anschmeißt. Das Geräusch zerfetzt die Stille des Winterwaldes und bringt mich unsanft ins Hier und Jetzt zurück.

»Warte, Pixie, ich zeige dir, wie es geht«, ruft Ben.

Pixie brüllt zurück, sie kenne sich aus. Sie trägt sogar Schutzkleidung. Gemeinsam mit Matteo macht sie sich daran, einen Baumstamm zu zersägen. Yvet ist mit Zoe losgezogen, um lange, gerade Stöcke für das Knüppelbrot zu suchen. Mir bleibt die Axt.

Während Ben schwere Blöcke spaltet, soll ich Kleinholz machen. Das klingt erst mal harmlos. Auch wenn das Beil gefährlicher aussieht als die Bastelscheren, mit denen ich normalerweise arbeite.

Okay, keine Scheu, Luisa, los geht's.

Mit spitzen Fingern platziere ich ein Scheit auf einem Hackklotz, haue zaghaft drauf – und rutsche ab. Na warte. Ich versuche es wieder, diesmal härter, woraufhin die Axt stecken bleibt. Ich hämmere damit auf den Hackklotz, doch sie bewegt sich kein Stück, weder vor noch zurück. Ich probiere und probiere bis meine Schultern irgendwann wehtun und ich nun weiß, dass ich niemals zur Axtmörderin werden kann. Auch wenn meine Stimmung gerade mörderisch ist.

»Na, wie läuft's?« Ben steht plötzlich neben mir und mein Modus wechselt ohne Übergang von Psychothriller auf Wintermärchen.

Das bockige Holz ist vergessen, ebenso wie die Blase an meiner Hand. Ich lasse die Axt sinken, meine Arme sind leicht wie Flügel. Dicke, weiße Flocken schweben auf uns herab. Einen magischen Moment lang steht die Zeit still. Sogar der Kettensägenlärm ist verstummt, und ich höre leise Glöckchen klingeln.

Es dauert einen Augenblick, bis ich begreife, dass dies keine Einbildung, sondern der Klingelton meines Handys ist. Verflucht. Wie konnte ich nur so unachtsam sein!

Hier oben auf dem Hügel habe ich offenbar Empfang. Hektisch streife ich die Arbeitshandschuhe ab und ziehe das Smartphone hervor. Es ist mein Bruder. Ich drücke ihn weg, der Weihnachtssong verstummt. Leider zu spät. Fussel hat ihn gehört und rast in einem Affentempo auf mich zu. Mit gefletschten Zähnen springt er mich an, der Aufprall wirft mich um, das Smartphone fliegt aus meiner Hand und klingelt zu allem Überfluss wieder los. Fussel schnappt es sich und hetzt davon.

»Aus! Nein! Halt!«, rufe ich ihm nach. Doch Fussel ist nicht zu stoppen. Ich rappele mich auf. Weit hinten sehe ich ihn verbissen ein Loch in den hartgefrorenen Boden buddeln. Ben und Matteo sind bereits auf dem Weg zu ihm. Fussel ist wie von Sinnen, Matteo redet beruhigend auf ihn ein und nimmt ihn behutsam am Halsband. Ben hebt währenddessen mein Handy auf.

»Das Display ist hinüber«, erklärt er, als ich nah genug bin. »Morgen fahre ich einkaufen, da lasse ich es reparieren.«

»Tut mir leid«, entschuldigt Matteo sich stellvertretend für seinen Hund.

»Schon okay.« Fussel kann ja nichts dafür, ich hätte den Klingelton ändern sollen. Habe ich vergessen, mein Fehler. Ich hocke mich zu meinem Hundefreund und streichle seinen Kopf. »Geht's wieder, Fussel? Ich wollte dich nicht aufregen, wirklich nicht.«

Fussel leckt mir freundschaftlich über die Wange. Mit extra viel Sabber. Nicht die Sorte Kuss, die ich bevorzuge. Aber er besiegelt, dass alles in Ordnung zwischen uns ist.

»Mach mal eine Pause«, schlägt Ben vor und reicht mir eine Thermoskanne. Pixie kommt dazu, und ich schenke uns Tee ein, während Ben und Matteo sich wieder an die Arbeit machen.

Die Bergkräuter und der Honig tun gut, wir trinken langsam und schweigend. Trotzdem finde ich keine Ruhe.

Was wollte mein Bruder? Ist zuhause etwas Schlimmes passiert?

»Du siehst gestresst aus«, sagt Pixie und reißt mich damit aus meinen Unheilsfantasien.

Ich lege den Kopf in den Nacken und lasse die Schneeflocken auf mein Gesicht fallen. Sie fühlen sich an wie Küsse von Engeln. Meine Sorgen wollen dennoch nicht verfliegen. »Der Anruf, das war mein Bruder. Ich habe Angst, dass meinen Eltern etwas zugestoßen sein könnte …«

»Sind sie denn krank?«

Ich erzähle ihr von dem Schlaganfall meines Vaters vor vielen Jahren. »Er hat sich zum Glück recht gut davon erholt. Nur arbeiten geht nicht mehr.«

»Das klingt aber, als wären die beiden ziemlich fit«, meint Pixie, nachdem ich ihr stolz von dem kleinen Schrebergarten berichtet habe, den meine Eltern beackern.

»Stimmt schon«, gebe ich ihr recht. »Aber es könnte etwas Unerwartetes geschehen sein. Ein weiterer Schlaganfall, ein Sturz, so was eben.«

»Wie alt ist dein Bruder?«

»Dreißig. Wieso?«

»Er ist also erwachsen und kann sich um deine Eltern kümmern, solange du weg bist«, resümiert sie, trinkt ihren Becher aus und schüttelt die letzten Tropfen heraus. »Und für alles andere gibt es Ärzte, Polizei und Feuerwehr.«

Mir klappt der Mund auf. Das kann sie unmöglich ernst meinen!

Als wenn ich entspannt Feuerholz machen würde, während Rettungskräfte meine Eltern mit Blaulicht ins Krankenhaus fahren ...

»Vielen Dank, ich fühle mich gleich besser«, schnappe ich gereizt, stelle meinen Tee beiseite und greife nach der Axt. Jetzt habe ich wirklich Lust, etwas zu zerschlagen. Der Frust der letzten Tage, die Angst, entlarvt zu werden und meinen Job zu verlieren, die Schuldgefühle, das ganze Auf und Ab brechen plötzlich aus mir heraus. Ich hacke auf den Klotz ein, bis das Holz splittert. Pixie sieht mir dabei zu. Als ich keuchend eine Pause einlege, legt sie mir einfühlsam die Hand auf die Schulter.

»Mach dich nicht fertig. Die Wahrscheinlichkeit, dass es sich um einen Notfall handelt, ist gering, oder?«

Damit überzeugt sie mich. Rein statistisch betrachtet handelte es sich bei Toms Anruf um reine Plauderei. Mein Bruder und ich telefonieren nahezu täglich. Sicher wollte er nur hören, wie mein Undercover-Einsatz läuft.

»Lass mal, ich komm schon klar«, sage ich zu Pixie. Ich möchte nicht mehr reden, am Ende verplappere ich mich noch.

»Versteh mich nicht falsch.« Pixie lässt sich nicht abwimmeln, sie will mir offenbar beistehen, wie eine gute Freundin es tun würde. »Es ehrt dich sehr, dass du dich um deine Familie sorgst. Aber du musst jetzt mal an dich denken.

Schließlich bist du hier, weil du selbst ein Problem zu lösen hast.«

Oh ja, das habe ich. Wenn Pixie nur wüsste, wie vertrackt meine Situation ist! Ich ringe mir ein Lächeln ab, um sie zu beruhigen.

»Lieb von dir. Ich gebe mein Bestes«, versichere ich ihr. Und das bedeutet, ich muss Gas geben, um diese Zwickmühle so bald wie möglich zu verlassen.

Mit neuer Entschlossenheit schwinge ich die Axt und habe bald die richtige Technik drauf. In Handumdrehen liegt ein stattlicher Haufen Kleinholz vor mir, den ich stolz in einen Korb staple.

»Macht Spaß, oder?«, meint Pixie, die erneut mit der Kettensäge unterwegs ist und zwischendurch kurz bei mir vorbeischaut. Sie macht sich ganz offensichtlich immer noch Sorgen um meinen Gemütszustand. Wie lieb! Ich habe sie endgültig in mein Herz geschlossen.

»Es ist tatsächlich fantastisch!«, antworte ich und meine es auch so. Die klare Winterluft, der Geruch von Harz und Ursprünglichkeit, der Flow beim Holzspalten, in dem ich alles um mich herum und in mir drin vergessen kann, die Kraft in meinen Armen. Ich fühle mich lebendig und befreit, eins mit der Welt, die weiß und unberührt unter einer feinen Schneedecke liegt.

Wir arbeiten noch bis in den Nachmittag hinein, die Zeit vergeht wie im Flug. Nur meine Arme brennen irgendwann, und ich freue mich auf einen gemütlichen Abend am Feuer mit leckerem Brot. Kaum zurück mache ich mich daran, den Teig anzusetzen. Die speckige Patina in der Küche verdirbt mir leider jede Vorfreude. Die Fliesen kleben, die Küchenschränke sind mit einer festen Schmutzschicht überzogen. Ich setze einen Tunnelblick auf, schrubbe eine kleine Ecke sauber und lege los. Mehl, Hefe, Zucker, Salz, Olivenöl und lauwarmes Wasser. Beim Kneten kommt Weihnachtsstimmung auf. Meine Gedanken wandern zurück in den Wald. Ben und ich, wir beide im Schneegestöber. Wie in einem Wintermärchen ...

Was muss nur geschehen sein, dass er dem schönsten Fest des Jahres den Laufpass gibt?

Kapitel 12

Der Abend, an dem ich Antworten auf all meine Fragen bekomme. Hoffentlich!

Es ist eine sternenklare Nacht, eisig und hell. Die zarte Schneedecke reflektiert das Mondlicht, das Feuer brennt stattlich und schickt Funken ins All. Ben und Matteo haben dicke Stämme um die Feuerstelle gelegt, auf denen wir sitzen können. Dazu ein paar Wolldecken und Schaffelle vom Dachboden, es ist richtig gemütlich. Ich betrachte mein Werk von Weitem und genieße die Atmosphäre: das Gold der Flammen auf den Gesichtern, die gedämpften Gespräche, die wie das Murmeln eines Baches mit dem Knistern des Feuers verschmelzen. Alle wirken glücklich und gelöst.

Zoe ist wie so oft in ihrer eigenen Welt und schnitzt Muster in Stöcke, vollkommen versunken in ihre Kunst. Sie ist ein erstaunliches Mädchen. Leider scheint sie wenig Lust darauf zu haben, etwas über sich zu erzählen. Meist hat sie ihre Kopfhörer aufgesetzt und macht ihr eigenes Ding. Zu Beginn fand ich es seltsam, geradezu unhöflich. In einer Gemeinschaft sollte man doch mehr auf die anderen achten, sich einbringen, anpassen, einfügen ...

Moment, wohin führt das? Zur Selbstaufgabe?

Darüber sollte ich beizeiten tiefer nachdenken.

Yvets aufgesetztes Lachen stört meine Überlegungen. Sie hat sich eng an Ben geschmiegt und berichtet von einem Abenteuer in den Bergen, das niemanden interessiert. Mich zumindest nicht. Jetzt macht Yvet eine Ziege nach, das kann sie ziemlich gut. Kein Wunder.

Hätte ich mir bloß das heiße Schaumbad verkniffen! Damit habe ich den Platz neben Ben verschenkt. Doch ich lasse mir davon nicht den Abend verderben, es wird sich schon noch eine Gelegenheit bieten, ihm auf den Zahn zu fühlen.

Matteo winkt mich zu sich, er hat einen Stock für mich blank geschnitzt und sogar mit Sternen verziert. Mir läuft das Herz über.

Ohne lange nachzudenken, drücke ich ihm einen Kuss auf die Wange, er legt seinen Arm um mich. Sofort fühle ich mich geborgen, wie bei unserer Umarmung im Wald. Matteo gibt mir Halt, wie ein Berg, der mich vor Wind und Wetter schützt.

Und Ben?

Der sitzt mir gegenüber und starrt finster ins Feuer. Was ihn wohl bewegt?

Ich würde ihn gern fragen, aber ich sollte mich noch etwas gedulden, denn wenn ich mit der Tür ins Haus falle, schlägt er sie mir wohlmöglich vor der Nase zu.

Eins nach dem anderen, und zuerst das Stockbrot. Nachdem ich den Teig verteilt habe und das Brot über der Glut röstet, schlage ich ein Spiel vor: Drei Wahrheiten und eine Lüge.

»Was soll'n das sein?« Zoe, die ihrem Brotteig eine aufwändig geschlungene Form verpasst hat, ist nicht überzeugt. Auch die anderen wirken skeptisch. Das sieht nicht gut für meinen Plan aus. Aber ich lasse mir nichts anmerken, sonst ist das Spiel sofort vorbei. Diese Abwehrhaltung ist mir aus unzähligen Workshops nur allzu gut bekannt. Und bisher habe ich das Ruder stets herumreißen können.

Also versprühe ich Begeisterung und erkläre unbeirrt die Regeln. Jeder soll aus seinem Leben drei wahre Begebenheiten und eine falsche erzählen und die anderen müssen raten, was davon stimmt.

Zoe darauf: »Find ich doof.«

Yvet hingegen lehnt sich vor. Wie eine Großkatze auf der Lauer. »Interessant, Luisa. Beginnst du?«, schnurrt sie. Dabei fixiert sie mich, als wäre ich ihre Beute.

So war das nicht geplant. Ich wollte Ben aushorchen und nicht selbst verhört werden. Unruhig rutsche ich auf meinem Platz herum.

Matteo spürt offenbar meinen Fluchtimpuls und springt für mich ein. »Fussel möchte anfangen«, behauptet er. »Aufgepasst! Lüge oder Wahrheit? Er liebt Katzen, steht auf Möhren, kann Handstand und spricht fließend Mongolisch.«

Pixie lacht laut auf, ich finde Matteos Ausführungen auch sehr lustig und meine Anspannung löst sich etwas. Das Ratespiel kann beginnen.

Was passt nicht zu Fussel? Der Handstand? Die Möhren? Irgendwie klingt alles absurd.

»Er hasst Katzen«, verkünde ich meine Entscheidung nach kurzem Nachdenken.

»Oh ja«, pflichtet Ben mir bei. Er erinnert sich wohl an letzte Nacht, als Fussel die Katze über den Hof gejagt hat.

Alle anderen tippen auf die Fremdsprachenkenntnisse.

Matteo löst auf: »Fussel mag Katzen, er spielt gern mit ihnen, am liebsten Fangen.«

Ich muss grinsen, boxe Matteo leicht gegen den Arm und nenne ihn Scherzkeks. Er zwinkert mir zu.

»Dann haben wir gewonnen!« stellt Pixie erfreut fest.

Matteo nickt. »Mongolisch bringe ich ihm zwar gerade bei, aber er lernt seine Vokabeln nicht, der Faulpelz.«

Damit ist das Eis endgültig gebrochen. Alle lachen. Ich danke Matteo im Stillen für seine tolle Art und den witzigen Beitrag und lege meinen Kopf auf seine Schulter. Dabei bemerke ich Bens Blick, der auf mir ruht. Er hat einen merkwürdigen Ausdruck in den Augen. Und ich habe plötzlich ein noch seltsameres Gefühl im Bauch.

Bevor ich herausfinden kann, was das zu bedeuten hat, erfindet Pixie ein Märchen über sich selbst. »Geboren bin ich in Italien, esse aber keinen Parmesan, ich arbeite im Gefängnis und in meiner Freizeit als Zauberin für Kindergeburtstage.«

Ratlose Gesichter. Ich weiß immerhin, dass sie in einer Justizvollzugsanstalt arbeitet. Ansonsten klingt das alles ähnlich wie bei Fussel: Schräg.

Yvet bringt die Theorie an, dass Parmesan tierisches Lab enthält und Pixie ihn deshalb nicht isst.

»Ich bin keine Vegetarierin«, gibt Pixie zu bedenken.

»Dann magst du also Parmesan?«

»Nein.«

Bleiben noch Italien und Zauberei.

Ich hab's!

»Kinder zu täuschen, das bist nicht du. Es ist die Zauberei«, sage ich siegessicher.

Pixie runzelt die Stirn, sagt aber nichts zu meiner Theorie.

Habe ich richtiggelegen? Oder sie unwillentlich auf einen Widerspruch zu ihrer Wahrheitsliebe gestoßen?

»Ich komme gebürtig aus Bremen«, löst sie endlich auf und meint zu mir, sie würde sich ein neues Hobby suchen.

»So war das nicht gemeint«, rudere ich zurück. »Kinder lieben Zaubershows.«

»Und ich liebe Kinder. Vor allem wegen ihrer ungeschminkten Ehrlichkeit. Und dann führe ich sie mit billigen Tricks hinters Licht? Das ist nicht fair. Danke, dass du mir die Augen geöffnet hast.« Sie lächelt mich an, als wäre ich eine gute Freundin. Das macht mich fertig. Wegen meines blöden Plans gibt sie eine echt nette Sache auf.

Matteo hat die gute Idee, dass sie mit spannenden Experimenten, die wie Zauberei wirken, physikalische Prinzipien erklären könnte. Ich atme auf. Matteo ist mein Retter, schon wieder.

Pixie ist begeistert. »Ich dachte, man erfährt bei diesem Spiel nur etwas über die anderen und nicht über sich selbst. Bin gespannt, was noch kommt!«

Und ich erst. Oder sollte ich mich fürchten?

Um das Ganze abzubrechen, ist es jedenfalls zu spät. Denn schon geht es weiter. Matteo behauptet von sich, dass er eine eigene Rosensorte gezüchtet habe, dreimal den Sahara-Marathon gelaufen sei, Kulis sammle und als Mathelehrer an einer Gesamtschule unterrichte.

Ich betrachte ihn nachdenklich. Obwohl wir uns erst kurz kennen, fühlt es sich an, als wären wir alte Freunde. Nun merke ich, dass ich im Grunde nichts von ihm weiß.

Doch offensichtlich braucht man keinen detaillierten Lebenslauf von einer Person, um sie so zu sehen, wie sie wirklich ist. Ich kenne Matteos Herz und seine Verletzlichkeit. Das reicht.

Dennoch bin ich entzückt zu hören, dass er Mathelehrer

ist, das glaube ich ihm nämlich sofort. Wenn er auch noch Rosen züchtet und unter seiner Steppjacke einen Athletenkörper verbirgt, könnte er mein Traummann sein.

Ich stelle mir vor, wie er mir jeden Morgen eine Blume ans Bett bringt und wir zusammen knifflige Zahlenrätsel lösen.

Wäre das nicht perfekt?

Pixie reißt mich aus meinem wohlduftenden Tagtraum. »Die Kulis sind gelogen. Du schreibst mit Bleistift.« Sie unterstreicht ihre Hypothese mit ihrem Stockbrotspieß.

»Ertappt«, gibt lacht Matteo lachend zu. »Ich sammle stattdessen interessante Steine.«

Matteo ist also ein sportlicher, steinesammelnder Mathelehrer mit süßem Hund und einem Händchen für Pflanzen. Spätestens jetzt müsste es um mich geschehen sein. Zumal er auf Yvets Nachfrage berichtet, dass dieser irre Wüstenmarathon für einen guten Zweck ist.

»Wow!«, entfährt es mir. Ich warte auf die Schmetterlinge, von mir aus kann es auch wildes Schneegestöber sein. Aber nichts regt sich in meinem Bauch. Komisch. Dabei passt alles.

Vielleicht bin ich zu sehr von meinem Auftrag abgelenkt, der mir direkt gegenübersitzt und meine Konzentration auf sich zieht. Was Ben wohl von sich preisgeben wird?

Hoffentlich nichts, was Yvet sofort in eine saftige Schlagzeile umformuliert. Plötzlich kriecht mir trotz Lagerfeuer etwas Kaltes den Nacken empor. Wieso habe ich das nicht zu Ende durchdacht? Vor meinem inneren Auge sehe ich schon die Titelstory: ›Nikolaus hasst Weihnachtsgeschäft! Traditionsfirma in der Krise.‹

Ich mustere meine Gegenspielerin durch die lodernden Flammen. Sie buhlt immer noch um Bens Aufmerksamkeit. Ohne Zweifel ist sie sehr an ihm interessiert. Wobei ich mir ziemlich sicher bin, dass es nicht seine beruflichen Qualitäten sind, die sie in Erfahrung bringen will.

Jetzt öffnet sie ihre Haare und lässt sie wie einen Goldregen über ihre schmalen Schultern fließen. Sie ist eine Schönheit, und das weiß sie einzusetzen. Mit einem koketten Lächeln begibt sie sich ins Rampenlicht und erzählt nun ihrerseits eine Lügengeschichte zu ihrer Person: »Ich habe zwar einen Pilotenschein, war aber noch nie auf Wolke sieben.« Sie wirft Ben einen eindeutigen Blick zu. »Poker ist mein Lieblingsspiel«, fährt sie mit einem herausfordernden Blick in meine Richtung fort und endet mit einem tiefen Seufzer, den ich ihr tatsächlich als echt abkaufe. »Und ich wäre jetzt gern auf Bali.«

Pixie und Matteo sind sich einig, dass sie mit dem Fliegen gelogen hat. Ich bin mir sicher, dass die Wolke sieben nicht stimmt.

Yvet hüllt sich in Schweigen, sie legt ihre Hand vertraulich auf Bens Arm, als könne er etwas an ihrem Verliebtheitsstatus ändern.

In meinem Bauch tanzt prompt eine Truppe Teufelchen eine Kampfansage. Sie stampfen und trommeln sich gegen die Brust. Und ich bin ebenfalls wild entschlossen, Yvet von Ben fernzuhalten. Sie ist viel zu durchtrieben für so einen netten Kerl.

Wie ich selbst auch.

Die Erkenntnis kommt unerwartet und trifft mich hart. Was bin ich für ein Mensch geworden?

»Wer bist du?«, fragt ausgerechnet Ben mich in diesem Moment.

Glaub mir, das willst du nicht wissen. Du wärst entsetzt. Mutlos lasse ich die Schultern hängen. Mein Stockbrot geht in

Flammen auf. Ich habe das Gefühl, in meinem eigenen Fegefeuer zu verbrennen.

Jetzt ist es so weit, ich kann nicht anders, ich werde mit der ganzen Wahrheit herausrücken.

»Ich liebe Weihnachten, ehrlich und für immer«, beginne ich. »Schon im August backe ich Zimtsterne und schmücke meine Wohnung mit Lichterketten, ich besitze zehn Weihnachtsmützen und Rentierpuschen in mehreren Farben. Das Einzige, was ich genauso gern mag wie die Weihnachtszeit, ist mein Job. Ich bin Expertin für …« Yvet fixiert mich mit ihren Katzenaugen – und ich mache intuitiv eine Vollbremsung und lüge: »Rauschmittelbekämpfung.«

Zoe prustet los. »Ein Weihnachtsjunkie arbeitet bei der Drogenfahndung? Guter Witz.«

»Suchterkrankungen sind nicht lustig«, ermahnt Pixie Zoe, die daraufhin zwar leicht die Augen rollt, sich aber bei mir mit einem gemurmelten »Sorry« entschuldigt.

Yvet gähnt demonstrativ und meint, dass meine Story so spannend wie eine weichgekochte Spaghetti sei, schließlich wüssten alle, dass ich in einer Wurstfabrik arbeite, was ich ihrer Meinung nach schnellstens ändern sollte. Fussel jault in den Nachthimmel, vermutlich findet er es ungerecht, dass er nicht in einer Wurstfabrik arbeiten darf. Ich tätschele tröstend seinen Kopf, mir ist auch nach Heulen zumute. Warum schaffe ich es nicht, die Wahrheit zu sagen?

»Ich liebe Weihnachten genauso wie du, Luisa«, wirft Ben unvermittelt ein und reißt mich damit aus meinem Schwermutsanfall. Mein Herz galoppiert aufgeregt los, was jetzt wohl kommt? Auch die anderen scheinen sich aufrechter hinzusetzen, mein Geständnis interessiert niemanden mehr.

»Lüge!«, ruft Zoe dazwischen, die offensichtlich nun doch Gefallen an dem Spiel gewonnen hat.

Ben lässt sich davon nicht beirren. Während er weiterspricht, schaut er mich unverwandt an, als wären seine Worte nur für mich bestimmt: »Auf meinem Wunschzettel steht ein Pferd, obwohl ich nicht reiten kann. Dafür bin ich ein passabler Koch, mit einer Leidenschaft für Süßes.«

Keine Ahnung, ob Ben kochen kann. Oder Schokolade mag. Weihnachten hasst er jedenfalls. Aber warum sollte er ein Pferd besitzen wollen, wenn er nicht reiten kann? Das passt nicht zusammen.

Noch während ich den letzten Gedanken drehe und wende, kommt eine Erinnerung hoch. Es ist ein Bild, das ich während meiner Recherche zu Ben irgendwo gesehen habe. Er sitzt auf einem Pferd, in eleganter, schwarzer Reitjacke, darüber trägt er eine Siegerschärpe. Aber klar! Er hat ein Turnier gewonnen, in diesem Frühjahr sogar. Vielseitigkeitsreiten, das war es.

»Du kannst reiten«, sage ich mehr zu mir selbst. Niemand scheint es gehört zu haben, denn die Gespräche der anderen sind beim Kochen hängen geblieben.

Nur Ben nickt kaum merklich.

Das würde ja bedeuten, dass er kochen kann, Süßes mag – und Weihnachten liebt …

Moment, warum dann dieses Anti-Camp?

Das ergibt keinen Sinn.

Darüber muss ich nachdenken. In Ruhe.

Während die anderen über die besten Fünf-Minuten-Gerichte diskutieren, stehe ich auf und gehe ein Stück, raus auf die Straße, mit Blick aufs dunkle Feld. Meine Gedanken sind verheddert wie lose Wollfäden. Ich lege den Kopf in den

Nacken und betrachte die Sterne. Hier draußen, weitab von Elektrolicht und Lärm, entfaltet sich das Universum in seiner ganzen Herrlichkeit. Millionen Lichter aus einer fernen Zeit. Ich wünschte, ich könnte Antworten darin finden.

»Was suchst du?«, fragt eine Stimme hinter mir, die ich überall wiedererkennen würde. Es ist Ben. Seine Schritte knirschen auf dem gefrorenen Boden. Je näher er kommt, desto schneller pocht mein Herz. Er stellt sich neben mich und schaut ebenfalls in den Sternenhimmel.

»Einen Ausweg …«, beantworte ich seine Frage vage.

»Weglaufen ist keine Lösung.«

Ausgerechnet er rät mir das?

»Ach ja?«, rutscht es mir raus.

Täusche ich mich oder zuckt er leicht zusammen? Er wendet sich mir zu und blickt mir forschend in die Augen. Kann er darin lesen, wer ich wirklich bin? Oder weiß er es bereits?

Bevor ich mich in allen Punkten für schuldig bekennen kann, sagt er: »Etwas abzuschließen und neuanzufangen ist nicht das Gleiche.«

Mir wird bei diesen Worten heiß und kalt, erst abwechselnd, dann gleichzeitig. Was meint er genau damit? Will er nie wieder zurück? Aber wieso? Ich brauche die Antwort darauf, vor allem für mich selbst. Ich will wissen, wer Ben ist und was ihn bewegt.

»Welche Tür hast du hinter dir zugeschlagen?«, hake ich deshalb behutsam nach.

»Eine schwere«, antwortet er ausweichend.

Fürchtet er die Verantwortung, das Familienunternehmen weiterzuführen? Oder ist es etwas anderes?

Ich kann ihn nicht danach fragen, ohne mich zu verraten. Und er scheint nicht mehr darüber sagen zu wollen. Anscheinend sind wir beide noch nicht bereit, mit offenen Karten zu spielen. Ich möchte ja, unbedingt sogar, aber ich fürchte, dass ich ihn dann für immer verliere. Und das macht mir seltsamerweise Angst.

Eine Weile schweigen wir. Ich atme die Atmosphäre des Abends ein, lasse für einen Moment alles los und kehre ein in meine sorgenfreie Schneekugel.

»Siehst du den Polarstern?«, fragt Ben unvermittelt.

»Nein.« Ich finde ihn nicht.

Er beugt sich zu mir. Seine Wange gegen meine. Zarte Flocken wirbeln durch meinen Bauch. »Es ist der hellste Stern im kleinen Bären.«

Jetzt sehe ich ihn auch. Er funkelt und blinkt, als wolle er mir die Richtung weisen. Wenn das nur so einfach wäre. Ich seufze leise.

»Was ist?«

Ich spüre seine Worte mehr auf meiner Haut, als dass ich sie höre.

»Ich weiß nicht, was ich tun soll …«

»Dann tu nichts, lass dich einfach treiben.« Er dreht mich sanft zu sich herum. Ich versinke in seinen Augen wie in einem Mitternachtsmeer. Weiche, warme Wellen schlagen über uns zusammen, wir schweben hinab in unergründliche Tiefen, alles um uns verschwindet, es gibt nur noch ihn und mich.

»Und wo auch immer das Leben dich anspült, nimm mich mit«, flüstert er gegen meine Lippen. Wir tauchen ineinander ein, verschmelzen zu etwas Neuem, etwas Großem. Nichts wird mehr sein, wie es war, das spüre ich mit jeder seiner

Berührungen. Ich will ihn nie wieder loslassen. Gemeinsam verstecken wir uns vor der Welt. Für wie lange frage ich in dieser Nacht nicht.

Kapitel 13

10. Dezember, neuer Tag, neue Hoffnung?

Am nächsten Morgen ist der Schnee geschmolzen. Zurück bleiben Matsch und Schmutz. Genauso wie ich mich fühle – dreckig. Vorbei ist mein Schneeflockenschweben. Die Realität hat mich eingeholt und unsanft von meiner Wolke sieben runtergerissen.

Ich bin verliebt, das lässt sich nicht länger leugnen. In einen Mann, den ich bewusst und vorsätzlich hintergehe und belüge. Das kann nur schiefgehen.

Wenn Ben erfährt, wer ich wirklich bin, wird er mich hassen. Ich jedenfalls würde es tun. Heute mag ich nicht mal in den Spiegel schauen, so sehr schäme ich mich. Hinzu kommt eine nahezu vernichtende Angst, ihn zu verlieren. Sie raubt mir den Schlaf, treibt mich raus ins kalte Morgengrauen. Ich habe keine Ahnung, wie ich ihm nach dieser Nacht begegnen soll. Kopflos irre ich über Feldwege, Runde um Runde, und traue mich erst wieder zurück, als ich Bens Pickup in der Ferne wegfahren sehe. Er ist zum Einkaufen los, mit Matteo und Yvet, wie ich wenig später erfahre, als ich die Küche betrete.

»Kaffee?«, fragt Pixie.

»Nein, danke.« Hoffnungslosigkeit und Selbstmitleid liegen mir schwer im Magen.

»Ein offenes Ohr?« Sie schiebt mir einen Stuhl hin und fährt damit fort, sich ein Toastbrot zu schmieren.

Ihre Beiläufigkeit lässt mich ein wenig aufatmen. *Wird sich schon alles fügen*, scheint sie mir sagen zu wollen. Außerdem hat offenbar niemand mitbekommen, was zwischen Ben und mir gelaufen ist.

Selbst meine Gedanken reden in der Vergangenheitsform von uns, als hätten wir keine Zukunft.

Ich nehme Platz und schenke mir nun doch eine Tasse Kaffee ein. Er ist schwarz wie meine Seele.

»Was würdest du tun, wenn du jemanden angelogen hast, es mittlerweile aber bereust, auch wenn du gute Gründe hattest«, rücke ich zögernd mit der Sprache raus.

»Ihm oder ihr zeigen, warum du es getan hast.« Sie beißt in ihren Marmeladentoast. »Verstehen ist der erste Schritt zum Vergeben. Alte Glückskeksweisheit.«

Ich nehme einen Schluck Kaffee, die Wahrheit schmeckt bitter. Wie soll ich sie ihm servieren? Mit einem Lebkuchenherz?

Der Gedanke, erst triefend vor Zynismus, hängt eine Weile träge in der schweren Luft um mich herum, bevor er sich unerwartet in einen verheißungsvollen Lichtblick wandelt. Eins reiht sich ans andere, die losen Enden fügen sich zu einem roten Faden zusammen: Seit gestern Abend weiß ich, dass Ben Weihachten nicht hasst. Und er hat eine Schwäche für Süßes. Was also, wenn ich meine Entschuldigung backe? Mit Zimt und Zuckerguss.

Ich weiß, das ist kitschig. Aber mein Herz will es so. Und mein Verstand hat keinen besseren Vorschlag parat. Bestimmt wird er die Zeichen verstehen und mir verzeihen, dass ich dieses Lügenmärchen gespielt habe. Weil ich Weihnachten liebe. So wie er selbst auch.

Die Hoffnung auf ein glückliches Ende, so gering die Chance darauf auch sein mag, reißt mich hoch. Ich schütte den Kaffee in den Ausguss, kremple die Ärmel auf, öffne den verdreckten Ofen und seufze tief hinein.

»Willst du backen?« Pixie stellt ihren Teller in die Spüle.

»Ja. Aber erst muss ich putzen.«

»Ist eh überfällig, ich bin dabei«, meint meine Freundin und dreht das heiße Wasser auf.

Ich streife mir gerade ein Paar Gummihandschuhe über, da steckt Zoe den Kopf zu uns rein, fragt, was los ist, verschwindet und kommt überraschenderweise kurz darauf wieder. Offenbar hat sie Lust, mitzumachen. Aber zu ihren Bedingungen.

»Festhalten!«, sagt sie grinsend und stellt eine Bluetooth-Box aufs Fensterbrett. Im nächsten Augenblick vibrieren tiefe Bässe durch den Raum. Eine Rapperin haut ihre Wut auf die Welt raus, gewürzt mit diversen Schimpfwörtern. Der ideale Soundtrack zum Putzen.

Zoe nimmt sich den Boden vor, ich schrubbe Wandfliesen und Schränke, während Pixie Herd und Ofen blank poliert.

Wir singen, rocken und lachen uns über unsere lahmen Reime und extra peinlichen Tanzeinlagen schlapp. Dabei kommen wir gut voran. Bald sieht die Küche nicht mehr abrissreif, sondern zum Verlieben aus. Warme Holzmöbel treten unter der Schmutzschicht zutage. Bunt zusammengewürfelte Teller stehen hinter den geputzten Glasscheiben, dazu glänzender Edelstahl und herrliche Mosaikfliesen. »Hier will ich bleiben«, rutscht es mir raus, als wir fertig sind und mit einem Tee auf unser Werk anstoßen.

»Ich auch«, sagt Zoe. Sie sitzt auf dem Küchentisch und lässt die Beine herunterbaumeln. »Aber wir können uns hier nicht ewig verstecken, nicht wahr?« Sie lässt die Schultern hängen, als laste etwas schwer auf ihr.

»Wäre doch auf Dauer auch ein bisschen öde für junges Gemüse, wie du es bist, oder?«, meint Pixie und zwinkert Zoe aufmunternd zu.

Die grinst schief über den Gemüsevergleich und antwortet: »Dafür stellt hier niemand Erwartungen an mich. Ich kann frei entscheiden, was und wie viel ich tun möchte oder eben nicht.«

Deshalb ist sie also hier. Ich erinnere mich an die Momente, in denen mir Zoes unangepasstes Verhalten aufgefallen war. Ich habe es erst verurteilt, später meinen Standpunkt dazu hinterfragt, jetzt bewundere ich sie. Mir selbst fällt es schwer, nicht das zu tun, was man von mir erwartet. Oder was vernünftig erscheint.

Pixie scheint ebenfalls über Zoes Worte nachzudenken; währenddessen schneidet sie eine hässliche Tischdecke in Streifen und beginnt, daraus einen Badvorleger zu knüpfen.

»Solange das Gleichgewicht aus Geben und Nehmen stimmt, ist alles im Lot. Man kann sich nicht aus allem rausziehen«, gibt meine Rebellenfreundin weise Worte von sich.

»Und wenn das keine Verhandlungssache ist?«, kontert Zoe bitter. »Weil im Stammbaum niedergeschrieben ist, wer fordern darf und wer erfüllen muss?«

Das klingt heftig. Ich frage nach, was sie damit meint. Und Zoe erzählt. Dass ihre Großmutter sich sehnlich wünscht, sie würde professionelle Pianistin werden und mit alten Meistern die großen Bühnen der Welt erobern. Ihr Vater hingegen hat andere Pläne mit ihr. Er sieht sie als erfolgreiche Anwältin am europäischen Gerichtshof und hat ihr bereits einen Studienplatz an der Harvard University in Cambridge besorgt. »Am einfachsten ist noch meine Mutter. Ihr ist es nur wichtig, dass ich gebügelte Blusen und einen hübschen Haarschnitt trage.« Sie spielt an ihrem Nasenring, den sie zuhause bestimmt herausnehmen muss. »Das nervt.«

Ich denke über ihre Worte nach.

Wir alle stehen in Abhängigkeiten. Emotional, finanziell, moralisch. Ob nun ungeschrieben oder vertraglich festgelegt, sie leiten unser Handeln. Nicht immer in die von uns gewünschte Richtung. Das weiß ich aus Erfahrung.

»Deine Eltern wollen also nur das Beste«, fasst Pixie Zoes Ausführungen mit hochgezogenen Augenbrauen zusammen.

»Und wie!« Die junge Frau verschränkt die Arme vor der Brust. »Vor lauter gut gemeinten Wegweisern, wo es langgeht, finde ich mich selbst nicht. Meine Wünsche verschwinden, werden übertönt von Erfahrungen, die in einem anderen Leben gesammelt wurden.«

»Treffend gesagt.« Pixie nickt anerkennend.

Ich lasse Zoes Worte auf mich wirken.

Meine Eltern haben nie in meinen Lebensweg reingeredet. Wohin ich auch gehe, was immer ich tue, es geschieht aus freien Stücken. Natürlich will ich meine Eltern stolz machen. Und sie unterstützen. Das ist als Tochter selbstverständlich. Schließlich sind wir eine Familie, in guten wie in schlechten Zeiten. Und meine Eltern hatten vieles zu verkraften. Ich bin für sie da.

»Hast du das schon mal offen angesprochen? Vielleicht hat deine Familie gar nicht so hohe Ansprüche an dich und du ahnst nur voraus, dass sie dieses oder jenes von dir wollen«, führt Pixie das Gespräch weiter, während ich noch meinen

Gedanken nachhänge. »Oft sind es die Erwartungserwartungen, mit denen wir uns selbst fertig machen.«

Zoe schüttelt den Kopf. »Leider nein, ihre Ansagen sind sehr konkret und maximal direktiv. Da brauche ich keine Erwartungserwartungen. Wow, Wahnsinnswort! Wo hast du denn das aufgegabelt?«

»Hab mal ein paar Semester Philosophie studiert«, erklärt Pixie mit einer wegwerfenden Handbewegung. »War mir aber zu viel Um-die-Ecken-Denken, hatte ständig Kopfschmerzen davon.«

Zoe lacht laut auf, mir hingegen brummt tatsächlich der Schädel. Erfülle auch ich Erwartungen, die nur in meinem Kopf existieren? Hätte ich gar dieses Ben-Nikolaus-Detektivspiel vermeiden können?

Nein. Nikolaus senior hat mehr als deutlich gemacht, was er von mir wünscht. Wobei das mit Wünschen wenig zu tun hatte. Es war mehr ein Befehl.

Dennoch. Dass ich letztlich in den Zug gestiegen bin, habe ich selbst entschieden. Aus nachvollziehbaren Gründen. Zum einen wollte ich den Job nicht verlieren. Seit meine Eltern mit ihrem Geschäft pleite gegangen sind, möchte ich selbst nie in den roten Zahlen stehen. Außerdem zählen meine Eltern auf mich, davon bin ich überzeugt. Die meisten Anschaffungen in ihrem Haushalt habe ich finanziert. Von der kleinen Rente meines Vaters und dem Gehalt meiner Mutter können die beiden gerade mal ihren Lebensunterhalt bestreiten. Es macht mich glücklich, für sie da zu sein. Ein ähnliches Wohlgefühl bringt mir nur die Weihnachtszeit. Was mich zum zweiten Punkt bringt, weshalb ich hier bin: Das Glück, das ich mir davon verspreche, wenn ich das ganze Jahr über in einer Winterwunderwelt leben kann.

Sind irgendwo Erwartungserwartungen in meiner Argumentation? Glaube nicht. Realitätsflucht? Vielleicht. Ein bisschen.

Schluss jetzt! Mir egal, was von einer erwachsenen Frau erwartet wird. Ich werde mir meine Weihnachtsträumerei nicht wegnehmen lassen. Und deshalb backe ich jetzt auch Zimtsterne. Damit Ben zurück in den Weihnachtsbetrieb findet. Außerdem beruhigt Backen meine Nerven. Und die liegen gerade sowas von blank.

Zum Glück verziehen Zoe und Pixie sich bald auf den Dachboden, wo sie in staubigen Kisten nach Bücherschätzen graben wollen. Tiefsinnige Literatur, die das Leben erklärt. Oder es zumindest erträglicher macht.

Ich hingegen brauche nur eine Handvoll Zutaten, um happy zu sein. Beschwingt durchstöbere ich die Schubladen nach einer Schüssel. Ausstechformen finde ich nicht, macht nichts, da fällt mir sicher noch was ein. Mehl, Butter und Eier stehen bereit, ich bin startklar.

Bevor ich jedoch mit dem Plätzchenbacken beginne, sollte ich mir eine gute Ausrede zurechtlegen. Für den Fall, dass die beiden Philosophinnen oder das Shopping-Team mich auf frischer Tat erwischen.

Mal sehen. Wie wäre es mit ›der Ahnungslosen‹: »Was, da ist Zimt drin? Der muss im Zucker gewesen sein. Habe ich nicht mitbekommen. Verstopfte Winternase, ihr wisst schon. Das sollten Butterkekse werden.«

Oder ›die Rückfällige‹: »Sorry, Leute. Es kam über mich wie ein Blizzard, ich konnte nichts dagegen tun. Aber ein Cheat Day ist doch erlaubt, oder?«

Ich kaufe mir mein fadenscheiniges Gefasel selbst nicht ab, finde es sogar endpeinlich. Bleibt mir also nur, schnell zu sein und Spuren zu verwischen. Vorsorglich reiße ich das Fenster auf und lege los.

Das Gewürzregal ist gut bestückt, und das meiste noch nicht mal abgelaufen. Gerade will ich Zimt und Zucker in die Rührschüssel geben, da kommt Fussel hereingeschlendert, setzt sich vor mich und wacht über jeden meiner Schritte. Ob er wohl auch auf Weihnachtsgewürze allergisch reagiert? Das kann ich nicht riskieren.

Ich locke ihn mit Fleischwurst in den Flur. Kurze Zeit später steht er schwanzwedelnd wieder vor mir. Fussel kann also Türen öffnen, die Küche ist nicht abschließbar, das stellt mich vor neue Herausforderungen. Zumal die Wurst alle ist, es gibt nur noch Pizzakäse.

Der bringt mich allerdings auf eine Idee!

»Fussel, für dich backe ich heute auch was Leckeres.« Und zwar Käsekräcker! Nach einem Rezept extra für vernaschte Vierbeiner. Mein Bruder hatte mal eine Freundin, deren Dogge mich nicht ausstehen konnte. Ich buk also zur Selbstverteidigung Hundekekse. Danach war die Hündin ganz verrückt nach mir und saß ständig auf meinem Schoß. Was immerhin besser war, als von ihr aufgefressen zu werden.

»Du wirst sie lieben!«, verspreche ich Fussel. Außerdem ist es das perfekte Alibi. Mein Hundefreund scheint mir zu vertrauen, er brummelt leise, kringelt sich in einer Ecke ein und schließt die Augen.

Ich messe, wiege und rühre – wie habe ich das vermisst! Das Ausrollen übernimmt eine Weinflasche, ausgestochen wird mit Gläsern, die Verzierung übernehmen Gabeln, Löffel und Kronkorken. Das Improvisieren macht mir großen Spaß, alles läuft wie am Schnürchen. Es ist fast ein wenig unheimlich, vielleicht handelt es sich aber auch um eine Glückssträhne, die bin ich nur nicht gewohnt.

Fussel hat einen beneidenswert tiefen Schlaf, er jault nur einmal auf, während die Plätzchen im Ofen goldbraun backen. Ansonsten erwischt mich niemand bei meinem illegalen Tun. Erst als der letzte Keks, es ist ein Polarstern, eine Erinnerung an unseren ersten Kuss, in der Dose verstaut ist, kommen Zoe und Pixie herein. Sie haben rote Wangen und Durst vom Debattieren. Zoe wirkt leicht entrückt, als wäre sie den großen Fragen des Lebens auf der Spur. Pixies Nasenflügel jedoch zucken argwöhnisch.

»Du hast gebacken«, stellt sie fest und sieht mich an. Sie hat wohl einen Riecher für Verbrechen. Liegt vermutlich an ihrem Job im Gefängnis.

Mir wird trotz des offenen Fensters heiß. Meine Ohren glühen, diese kleinen Verräter.

»Hundekekse für Fussel«, sage ich, vielleicht einen Tick zu hastig, und deute auf die Käsekräcker, die ich parallel in den Ofen geschoben hatte.

»Mit Zimt?«

»Wie kommst du darauf?«

»Riecht so.«

»Das ist vom Hafer.« Ich rede mich um Kopf und Kragen.

Pixie scheint nicht überzeugt, Zoe juckt die Diskussion nicht, sie schnappt sich kurzerhand einen der Hundekekse und steckt ihn in den Mund. »Die sind oberlecker«, befindet sie.

Fussel wird von der allgemeinen Unruhe wach und erbettelt sich ebenfalls einen Kräcker. Und noch einen. Sein wohliges Schmatzen und der treue Hundeblick lassen uns alle dahinschmelzen, sogar Pixie vergisst ihren weihnachts-allergischen Argwohn. Gemeinsam sitzen wir auf dem

Küchenboden, füttern Fussel und sind von den Kunststücken, die er vollführt, um noch ein Leckerli zu bekommen, entzückt.

»Zeig uns, was du kannst!«, feuert Zoe ihn an.

Und Fussel gibt alles: Rolle seitwärts, links und rechts, Pfötchen links und rechts, Küsschen links und rechts. Einen für jede von uns.

»Bäh!«, rufen wir synchron und stürmen lachend ans Waschbecken.

Nachdem wir uns vom Hundesabber befreit haben, verkrümelt Zoe sich nach oben, Pixie schmeißt den Kamin an und ich husche wie ein Dieb in Bens Zimmer, die Plätzchendose unter dem Arm.

Leise schließe ich die Tür und schaue mich um. Gestern Nacht habe ich nichts gesehen, nur gefühlt. Die Erinnerung an seine Lippen auf meiner Haut ist so intensiv, dass ich für einen Moment lang nichts weiter tun kann, als still dazustehen und das Prickeln zu genießen, das meinen Rücken hoch- und wieder herunterrinnt.

Das Sonnenlicht malt Muster auf die alten Dielen, ich atme den Geruch von frischer Wäsche und Kiefernholz. Bedächtig setze ich einen Fuß vor den anderen.

Am Fenster steht ein alter Schreibtisch, an der Wand das Bett, in dem wir uns liebten. Der Kleiderschrank ist halb geöffnet. Ich entdecke Karohemden in rot, grün und blau. Er meint es offensichtlich ernst mit seiner neuen Identität.

Nebenan klappt eine Tür, ich erstarre und halte die Luft an. Doch nichts geschieht, alles ist wieder still.

Erleichtert atme ich aus und setze meinen Weg fort. Die Dielen knarzen überlaut, als wollten sie Alarm geben.

Ich sollte von hier verschwinden. Und zwar jetzt gleich! Aber ich kann nicht, ich will bleiben. Für immer.

Gedankenverloren streiche ich über das Bettzeug und stelle mir vor, darin zu liegen, umhüllt von Bens Wärme.

Die Sehnsucht nach ihm ist mit einem Mal so intensiv, dass sie mich umzureißen droht. Ich setze mich auf die Bettkante. Die Keksdose in meinen Händen zittert. Was, wenn alles zwischen uns zerbricht wie mürbes Gebäck?

Mein Plätzchen-Plan erscheint mir plötzlich lächerlich. Nur habe ich keinen besseren.

Es muss einfach funktionieren.

Entschlossen stehe ich auf und gehe zum Schreibtisch. Darauf liegen ein Schnitzmesser und ein kleines Holzeichhörnchen mit Schal und Mütze. Seine gefalteten Pfoten beten für ein besinnliches Fest. Mir treten Tränen in die Augen, so herzergreifend und niedlich ist es. Ich nehme das Kunstwerk behutsam in die Hand. Auf einer inneren Leinwand erscheint die alte Tischlerei in warmen Brauntönen, ich höre Sägen, emsiges Schleifen, rieche würziges Harz und ätherische Öle.

»Eine Weihnachtswerkstatt«, flüstere ich und ein wohlbekanntes Kribbeln breitet sich in mir aus. Ich weiß, was das bedeutet, denn ich habe dieses Gefühl schon des Öfteren gehabt.

Eine Idee ist geboren!

Und diese ist so lebendig, als käme sie tief aus meinem Herzen. Der Drang, sie sofort in die Tat umzusetzen, ist überwältigend. Noch heftiger aber ist der Wunsch, Ben davon zu erzählen. Denn – ich schnappe überrascht nach Luft – ich sehe ihn und mich, gemeinsam, in der Weihnachtswerkstatt.

Sofort bekommt mein Tagtraum Risse. Ich, die ihn zu *Nikolaus & Sohn* zurückbringen sollte, kann ihn doch nicht zu einem eigenen Weihnachtsgeschäft überreden! Das klingt ja selbst in meinen Ohren wie ein schlechter Witz.

Und wenn ich einfach verschweige, weswegen ich hierhergekommen bin? Ich kündige, breche alle Brücken zu *Nikolaus & Sohn* ab, wir vergessen beide, was war, knüpfen an gestern Nacht an und spinnen unsere eigene Zukunft im Hier und Jetzt.

Der Gedanke gefällt mir. Er fühlt sich kühn und verwegen an.

Aber ich darf mir nichts vormachen, ich weiß, dass mein Geheimnis irgendwann ans Licht kommen wird. Und dann, ich kreuze die Finger, hoffe ich, dass er mich versteht. Und mir verzeiht.

Besser heute als morgen.

Mit bebender Hand schreibe ich auf einen Zettel:

Mögen die Sterne dich leiten.
L.

»Luisa!« Ich höre meinen Namen, und der Stern, den ich unter meine Nachricht zeichnen wollte, verrutscht, so sehr zucke ich zusammen.

»Luisa, wo bist du?« Das Rufen kommt näher. Es ist Yvet, die mich sucht.

Auch das noch. Wenn sie mich in Bens Zimmer erwischt, wird sie das sicher dazu anstacheln, tiefer in meiner und seiner Privatsphäre zu wühlen. Schon aus Rache.

»Ich habe ein Geschenk für dich!«, frohlockt meine besondere Freundin in einem Tonfall, als habe sie eine Briefbombe an meine Adresse geschickt und warte nur darauf, dass ich sie öffne.

Ich haste zur Tür, schlüpfe hindurch – und laufe direkt in ihre Arme. Vorbei ist die Glückssträhne.

»Aber hallo! Das wird ja immer interessanter«, sagt sie mit Blick auf Bens Zimmertür. Ihre grünen Katzenaugen blitzen unheilvoll in dem dämmrigen Flur.

»Was willst du?«, frage ich forsch. Angriff scheint mir bei ihr die beste Verteidigung. Aber Yvet ist die Ruhe selbst, sie hat einen Joker im Ärmel, das lässt sie mich deutlich spüren.

Quälend langsam mustert sie mich von unten nach oben. »Antworten, meine Liebe, Antworten. Das ist es, wonach ich suche«, sagt sie dann und holt etwas hinter ihrem Rücken hervor. Es ist mein Smartphone. »Ich habe mich um die Reparatur gekümmert. Du musst dich nicht bedanken. Mein Einsatz wurde schon belohnt.« Mit einem diabolischen Grinsen auf den Lippen gibt sie es mir. Das Blaulicht verleiht ihrem schönen Gesicht einen gespenstischen Schimmer.

Ein Schauer läuft meinen Rücken runter, als ich einen Blick auf das Display werfe: Mehrere Nachrichten von meinem Bruder und eine E-Mail von Nikolaus senior sind eingegangen, man kann den Absender nicht übersehen.

»Post vom Chef?«, fragt Yvet scheinheilig.

Ich schweige. Leugnen bringt nichts.

Mit etwas Glück weiß Yvet noch nicht, wie alles zusammenhängt. Aber sie steht kurz davor.

Ich bin geliefert.

Kapitel 14

Alles aus. So kurz vor dem Ziel

Was soll ich bloß tun?

Meine Knie sind weich, der Hals eng, mein Denken betäubt.

Wortlos lasse ich Yvet stehen, schlafwandle die Treppe hinunter und raus vor die Tür. In Pulli und Biolatschen. Der eisige Wind verpasst mir eine saftige Ohrfeige. Ich erwache aus meiner Starre, entsperre mein Smartphone und rufe die Nachrichten auf: Nikolaus senior fordert Ergebnisse und einen Rückruf. Dringlich!!! Mein Bruder läuft ebenfalls Amok, weil er nichts von mir hört. Das ist so lieb. Mein Kinn zittert, ich wünschte, er wäre jetzt bei mir. Ich brauche jemanden, der mich zusammenhält. Oder meine Einzelteile einsammelt, wenn ich auseinanderfalle.

Und niemand ist besser dafür geeignet als Tom. Kein Problem kann seinem trockenen Witz lange widerstehen.

Ich lese seine letzte SMS, sie ist von heute Vormittag.

Mein Zug geht um 11.

Sekunde.

Heißt das, er kommt zu mir? Hierher?

Das geht nicht! Tom wird mich mit den für ihn typischen Anspielungen bloßstellen. Schneller noch, als Yvet ihre Schlüsse ziehen kann.

Damit ist mir jede Chance genommen, in Ruhe mit Ben über alles zu reden. Mein ganzer Körper ist starr vor Schreck. So muss sich eine Maus fühlen, die in den Rachen eines Löwen starrt.

»Frierst du nicht?« Ben kommt über den Hof auf mich zu. Er legt seine Hände um meine Taille und zieht mich zu sich ran. Sofort tanzen die Schneeflocken in meinem Bauch Ballett. Für einen Moment sind alle Sorgen wie durch ein Wunder verschwunden.

Bis ich Yvet drinnen fragen höre: »Weiß jemand, wo Ben ist?«

Hilfe, ich bin noch nicht bereit für den großen Showdown, ich brauche mehr Zeit.

»Kannst du mich bitte ins Dorf fahren?«, frage ich Ben und schiebe ihn, ohne seine Antwort abzuwarten, zum Wagen.

Er zieht erstaunt die Augenbrauen hoch, steigt aber ohne Widerrede ein und startet den Motor. Ich drehe die Heizung hoch und klemme meine Hände unter die Achseln. Warm wird mir trotzdem nicht, denn die nackte, kalte Angst greift nach mir.

»Brauchst du eine Luftveränderung? Mehr Privatsphäre? Oder ist dein Kaugummivorrat leer?«, rät Ben scherzhaft, während wir über den festgefrorenen Feldweg brettern.

»Ich muss zum Bahnhof«, antworte ich knapp. Mittlerweile ist mir speiübel. Vom Auf und Ab der Schlaglöcher und dem meiner Gefühle.

»Erwartest du Besuch?«

»Ja.« Ich presse die Lippen fest zusammen, damit nicht alles im Schwall aus mir herausplatzt.

Als wir an der Tankstelle vorbeikommen, bitte ich Ben, kurz zu halten. Hier habe ich stabilen Empfang. Ich wähle die Nummer meines Bruders, er geht sofort ran.

»Na, endlich! Wo bist du?«, begrüßt er mich.

»Wo bist du?«, stelle ich die Gegenfrage.

»Bäckerei«, entnehme ich seinem unverständlichen Genuschel, das entweder an der grausigen Verbindung oder an Margots Makronen liegt.

»Er ist beim Bäcker«, informiere ich Ben und bin froh, dass er keine weiteren Fragen stellt. Ich fürchte, dass ich mich mit jedem Wort verraten könnte, und halte ebenfalls den Mund, bis wir da sind.

Sobald wir halten, springe ich aus dem Wagen und sprinte los, so gut es in den Latschen eben geht. Ich brauche einen Vorsprung von mindestens einem gesprochenen Satz.

»Niemand weiß etwas, verrat mich nicht!«, raune ich meinem Bruder eindringlich zu, während ich ihm um den Hals falle.

»Ich freue mich auch, dich zu sehen!« Er küsst mich auf die Wange. An seinen Lippen klebt Schokoguss, in seiner Hand eine Tüte Lebkuchenkonfekt. Wie ein Weihnachtsverweigerer sieht er nicht gerade aus. Als Ben kurz nach mir den Laden betritt, schiebt Tom sich demonstrativ einen Dominostein in den Mund und fixiert ihn kritisch.

Bens Begrüßungslächeln fällt spärlich aus. Er geht auf Tom zu, der sich seinerseits nicht von meiner Seite wegbewegt. Ich stoße ihn unsanft in den Rücken. Die beiden schütteln sich die Hände, es sieht wie ein Kräftemessen aus.

Ich will gerade zwischen den beiden vermitteln, da spricht mich der alte Bäcker an. »Hallo junge Frau, lange nicht gesehen! Die Stollen sind fertig. Und sie sind ein Gedicht, wenn ich das so sagen darf.« Er macht eine genießerische Geste, reicht mir ein Stück über den Tresen und beginnt, von seiner Enkelin und ihren Talenten zu schwärmen.

Ben und Tom unterhalten sich derweil. Ich spitze die Ohren, doch ich kann nur Bruchstücke von dem verstehen, was sie sagen. Denn mein lieber Bäcker ist offenbar leicht schwerhörig und spricht entsprechend laut und deutlich. Seine Frau sei gestürzt, erzählt er gerade.

»Wie unglücklich. Und das so kurz vor Weihnachten. Gute Besserung«, bekunde ich meine Anteilnahme und gebe es auf, Ben und Tom zu belauschen. Stattdessen beiße ich in den Stollen und schwebe sofort auf einer Butterpuderzuckerwolke.

»Meine Enkelin hilft in der Backstube aus.«

»Mit Bravour.« Ich lecke mir den Puderzucker genüsslich von den Lippen.

»Schmeckt's?« Bens Bart kitzelt meinen Hals, als er sich von hinten über meine Schulter beugt, mir einen Kuss auf die Wange drückt und dann von meinem Stollen abbeißt.

Ich verschlucke mich fast an der Gesamtsituation. Ben küsst mich und isst Weihnachtsgebäck! Und das offiziell in einer Bäckerei und vor den Augen meines Bruders.

»Wollen die Herren auch ein Stück?«

»Unbedingt!«, antworten Ben und mein Bruder wie aus einem Mund. Die beiden scheinen ihre Anlaufschwierigkeiten überwunden zu haben.

Tom wirft mir einen Seitenblick zu, mit dem er mir zu verstehen gibt, dass ich mit meinen Schilderungen über Ben und der Weihnachtsrebellion echt übertrieben habe, und bestellt drei Kaffee.

Ben flüstert mir derweil ins Ohr: »Warum hast du nicht gleich gesagt, dass er dein Bruder ist?«

»Habe ich nicht? Sorry.« War er deshalb so kratzbürstig? Weil er eifersüchtig auf Tom war? Oh, das ist zum Hinschmelzen.

Ich küsse ihn innig, ohne darüber nachzudenken, wer zuschaut. Für diesen Augenblick ist meine Welt im Gleichgewicht, in dieser wunderbaren Bäckerei, umgeben vom Duft der Weihnacht und den Menschen, die ich liebe.

Wir genießen schweigend unseren Stollen, während der Bäcker – er hat sich uns als Bernard vorgestellt – ein Liedchen pfeift.

»Ach, ihr zwei erinnert mich an meine Jugend«, sagt er, als Ben mir den Puderzucker aus dem Mundwinkel küsst. »Meine Margot und ich waren auch so verliebt.« Er seufzt verzückt. »Ihr seid ein schönes Paar.«

Ben weicht bei diesen Worten zurück, als wäre er bei etwas Verbotenem erwischt worden. Kaffee schwappt dabei über und verbrüht meine Hand. Aber das tut nicht so weh wie der Abstand, den Ben von da an zu mir hält.

Sogar Tom hat den plötzlichen Temperaturwechsel bemerkt. Ich kann die Frage in seinen Augen lesen, dieselbe stelle ich mir auch: Ben und ich, ich und Ben. Was ist da zwischen uns? Nur ein Kuss unter dem Sternenhimmel? Oder mehr?

Ich wünschte, es wäre mehr. Aber was denkt Ben darüber? Ich weiß es nicht. Und Ben offenbar auch nicht.

»Wollen wir?«, fragt er und zahlt.

Ich möchte nicht zurück, ich habe Schiss vor dem, was mich erwartet.

Allein die Vorstellung, dass Ben mich hassen könnte, sobald er alles erfährt, zieht mich runter. Ich bin kurz davor, mit Tom zusammen nach Hause zu fahren. Aber der hat gar nicht vor, den Heimweg anzutreten.

»Ich bin neugierig, ich will mir das Weihnachtsaussteiger-Camp mal angucken.«

Das geht nicht. Du kannst nicht bleiben!, versuche ich ihm mit einem eindringlichen Blick klarzumachen.

Tom versteht meine versteckte Botschaft nicht. Oder er sieht dreist darüber hinweg.

»Wieso?«

Ben schaut mich an, als interessiere ihn die Antwort darauf auch. Ich gerate ins Straucheln. »Weil …«

»Ich weiß, ich sollte lieber an meiner Masterarbeit schreiben. Aber heute fährt sowieso kein Zug mehr«, räumt Tom mit einem nicht wirklich ernst gemeinten schuldbewussten Blick ein und rettet mich damit aus der misslichen Lage, in die er mich erst gebracht hat.

»Sehr schön«, sagt Ben.

Nein, überhaupt nicht schön. Sondern Worst-Case-Szenario! Tom wird meine Probleme vervielfachen, darin ist er Weltmeister.

Auf der anderen Seite freue ich mich natürlich, dass er da ist. Ich liebe ihn, und er mich. Wir halten zusammen. Auch wenn ich auf seinen Beschützerinstinkt momentan gern verzichten würde.

Nun, eine Wahl habe ich sowieso nicht. Tom macht, was er will. Das war schon immer so. Ich nehme es also, wie es ist.

Zumindest habe ich jetzt einen Vertrauten. Jemand, der weiß, wer ich normalerweise bin.

Irgendwie beruhigt mich die Vorstellung, einen Zeugen für mein wahres Ich zu haben. Er wird mich daran erinnern, wenn ich mich vollends verloren habe. So langsam erkenne ich mich nämlich selbst nicht mehr. Meine Welt ist aus den Fugen geraten, und ich stehe zu allem Überfluss neben mir. Und zwar in Biolatschen mitten im Winter. Wie konnte es nur so weit kommen?

Bevor ich komplett den Kopf verliere, atme ich tief durch. Ein Schritt nach dem anderen.

Während wir den Weg zur Tischlerei einschlagen, frage ich Tom aus, ob zuhause alles in Ordnung ist, und erfahre, dass meine Eltern über die Festtage verreisen wollen.

»In die Toskana.«

Ich bin fassungslos. »Sie streichen Weihnachten, ohne mich zu fragen? Interessiert es sie überhaupt nicht, was ich darüber denke?«

»Es war ein Last-Minute-Angebot. Und du warst nicht erreichbar«, beschwichtigt mich mein Bruder. »Komm schon, gönn ihnen den Spaß.«

Tue ich ja. Trotzdem brennen Tränen der Enttäuschung in meinen Augen. Fällt unsere Familienweihnacht in diesem Jahr aus?

Ich kann die Frage nicht laut aussprechen, ich fürchte die Antwort zu sehr.

Meinen Bruder hingegen scheint das nicht zu jucken. Entspannt tippt er irgendwas in sein Handy. Sicher hat er bereits irgendwas Cooles vor. In Studentenwohnheimen ist immer Party. Was einer der Gründe ist, warum Tom noch keinen Abschluss hat. Wenigstens hat er ein intaktes Sozialleben.

Im Gegensatz zu mir. Ich werde Heiligabend wahrscheinlich allein mit drei Haselnüssen und einer Pizza verbringen. Ich schlucke schwer, um nicht zu laut aufzuschluchzen.

Vielleicht sollte ich auch einen Flug buchen. Weit, weit weg. Dorthin, wo es kein Weihnachten gibt. Nach Tadschikistan oder Somalia zum Beispiel. Viel Auswahl habe ich nicht. Weihnachten wird fast überall gefeiert. Das weiß ich von meinen Recherchen zum globalen Weihnachtsmarkt.

Was mich prompt zu *Nikolaus & Sohn* bringt. Ich stecke in einer gigantischen Problemspirale. Wie komme ich da nur wieder raus?

Ich muss mit Nikolaus senior reden. Vor allem aber mit Ben. Bevor Yvet es tut. Oder unser kleines Geheimnis als Titelstory verkauft.

»Also Ben, jetzt mal Klartext, was hat es mit dieser Weihnachtsrebellion auf sich?« Mein Bruder haut die Frage ohne Vorwarnung raus, mit der ich seit Tagen ringe.

Genau das hatte ich befürchtet. Tom fällt einfach mit der Tür ins Haus. Ich schätze seine Geradlinigkeit. Aber so läuft das in diesem Fall nicht. Hier geht es nicht ums Wetter, das bespricht man nicht nebenbei mit jemandem, den man kaum kennt. Ich boxe Tom gegen den Arm, damit er den Mund hält. Er reißt die Augen auf, sein Zeichen, dass er findet, ich sei zu kompliziert. Ich mache den Reißverschluss über die Lippen. Tom verschränkt genervt die Arme vor der Brust.

Ben bemerkt unseren nonverbalen Schlagabtausch glücklicherweise nicht. Er starrt stur geradeaus auf die Straße, die vor ihm liegt. Toms Frage beantwortet er nicht. Vielleicht hat er sie nicht gehört. Nein, er hat sie bewusst überhört. An seinen Händen kann ich erkennen, wie es in ihm arbeitet. Die Fingerknöchel treten so weiß hervor, dass ihr Anblick mich schmerzt. Mein Magen zieht sich zusammen, es ist ein böses Bienennest, in das ich stechen muss, sobald wir angekommen sind.

Bis wir den Hof erreichen, sagt niemand mehr ein Wort. Die Stille ist erdrückend, ich kann es kaum erwarten, ihr zu entfliehen. Doch als ich aus dem Wagen springe, stolpere ich geradewegs ins nächste Grauen: Yvets Arme. Sie will zu Ben. Ich wette, sie hat vor, mit ihm zu reden. Über mich und das, was ich hier tue.

Das muss ich verhindern. Ben soll es von mir erfahren!

Kurzentschlossen hake ich mich bei ihr unter, um sie fortzuziehen. »Yvet, wie nett, mit dir wollte ich sprechen.«

»Aber ich nicht mit dir.« Sie schüttelt mich ab, ich stelle mich ihr in den Weg. „Was soll das?“, faucht sie.

Bevor ich darauf antworten kann, wird sie von etwas abgelenkt. Interessiert späht sie über meine Schulter und ihre Pupillen weiten sich. »Hola, wer ist das denn?«

Ich folge ihrem Blick. »Mein Bruder.«

»Tom«, stellt der sich gleich darauf selbst vor.

Yvets Miene wandelt sich schlagartig. Ihre Lippen werden sanft, die Wangen rosa, sie lächelt, dass selbst die Sonne neidisch werden könnte. Kokett steckt sie sich eine Strähne hinters Ohr, haucht ihren Namen und bietet sich an, Tom das Haus zu zeigen.

Ich sehe ihnen perplex nach, wie sie im Eingang verschwinden, und bin mir nicht sicher, ob meine Probleme sich damit nochmals verdoppeln oder halbieren. In Luft werden sie sich jedenfalls nicht auflösen. Und deshalb schreite ich jetzt endgültig zur Tat.

Ich finde Ben in der Werkstatt. Gedankenverloren hängt er Sägen und Hobel über einer Werkbank auf. Ich bleibe einen Moment lang in der Mitte des Raums stehen und tanke Kraft. Die Tischlerei hat sich zu einem Ort der Ruhe und der Besinnung entwickelt. Ein echtes Schmuckstück ist sie geworden.

Sogleich überkommt mich wieder meine Vision einer Weihnachtswerkstatt. Mit Ben.

Der hat mich mittlerweile bemerkt und kommt auf mich zu. Wie er mir so gegenübersteht, seine Wollmütze zurechtrückt und mich mit seinen blauen Augen anschaut, habe ich das Gefühl, nie etwas anderes gewollt zu haben.

Aber mein Traum hat nur dann eine Chance, wahr zu werden, wenn ich ihm alles gestehe. Meine Lügen. Und meine Liebe.

Zögernd gehe ich einen Schritt auf ihn zu und ringe nach den richtigen Worten.

Er kommt mir zuvor. »Ich muss dir etwas sagen.«

Was? Nein! Ich bin zuerst dran, mein Geheimnis ist das Größere. Bitte verrate mir deins erst, wenn du erfahren hast, was ich vor dir verberge!

Mein Puls rast, mein Hals ist trocken, es fühlt sich an, als hätte mein letztes Stündlein geschlagen. »Warte«, bringe ich mühsam hervor.

»Das kann nicht warten«, entgegnet Ben und eröffnet mir, was ich längst weiß: Woher er kommt und dass er der Juniorchef von *Nikolaus & Sohn* ist. Spätestens an dieser Stelle sollte ich mich zu erkennen geben.

Doch ich halte den Mund, denn ich will endlich erfahren, warum er abgehauen ist.

»Ich habe einfach nicht mehr ausgehalten, was mein Vater aus dem Unternehmen macht«, gesteht er. »Er hält alle Fäden in seinen Händen und bestimmt stets allein, wo es langgeht. Mich behandelt er wie eine willenlose Marionette.«

Ich nicke verständnisvoll, diese Erfahrung habe ich auch mit dem Senior gemacht. Der Unterschied ist allerdings, dass Ben zur Familie und zur Geschäftsführung gehört und damit mehr Einfluss hat als ich. Er sollte ihn nutzen, um etwas Positives zu bewirken.

»Dein Vater kann nicht ewig so weitermachen. Er braucht dich, als seinen Nachfolger.« Ich versuche ihm zu verdeutlichen, dass er nicht machtlos ist. Mir kommt das Meeting mit den Amerikanern in den Sinn. Wäre Ben dabei, könnte er aktiv mitgestalten, wohin die Firma sich in Zukunft entwickeln soll. »Wenn dir etwas an *Nikolaus & Sohn* liegt, solltest du nicht einfach aufgeben.«

Ben schenkt mir ein müdes Lächeln. »Es hat keinen Sinn, er lässt sich nicht reinreden. Außerdem hat er längst einen Weg eingeschlagen, den ich nicht bereit bin, mitzugehen.«

»Aber wegzulaufen ist auch keine Lösung …«

»Nein, ist es nicht. Kündigen und aussteigen hingegen schon.«

Das muss ich erst mal sacken lassen. Ich setze mich auf einen Schemel und hole tief Luft. Ben lehnt sich mir gegenüber an eine Werkbank und berichtet, dass sein Vater hinter seinem Rücken darüber entschieden habe, ins Massengeschäft einzusteigen und ein ›Global Player‹ zu werden. Während Ben im Urlaub war. Denn er wusste, dass sein Sohn dagegen sein würde.

»Was für ein mieser Schachzug.«

»In jeder Hinsicht«, stimmt Ben mir zu. »Er setzt auf Billigproduktion als Wunderwaffe gegen die Konkurrenz. *Nikolaus & Sohn* soll Trendsetter in Sachen Baumschmuck werden.« Er ändert seine Stimme, als würde er einen Werbeslogan rezitieren: »Jedes Jahr eine nagelneue Kollektion, superfresh und stets am Puls der Zeit. Wir bestimmen, was der Weihnachtsbaum von Welt trägt!«

Aus wirtschaftlichen Gesichtspunkten kann ich diesem Ziel in seinen Grundzügen nicht widersprechen. Aber ich glaube zu wissen, worauf er hinauswill. »Weihnachtsschmuck sollte etwas Besonderes sein. Etwas, an das man sich noch erinnert, wenn die Kindheit längst verblasst ist.«

»Ganz genau. Doch meinem Vater ist nichts heilig. Der Todesstern am Weihnachtsbaum? Gekauft. Mickey Mouse statt Engel an der Spitze? Warum nicht?« Ben schnaubt abfällig, und ich sitze so richtig in der Klemme. Schließlich wurde ich eigens dafür eingestellt. Zwar hatte ich kein Merchandising im Sinn und die Expansionspläne haben mich auch kalt erwischt, aber ...

»Naja, also wenn man auf dem globalen Markt bestehen will, muss man irgendwie mitmischen. Man kann nicht einfach seine eigenen Regeln aufstellen. Sonst ist man schnell raus aus dem Spiel«, rechtfertige ich mich intuitiv.

Ben sieht mich befremdet an. »Du klingst fast wie mein Vater.«

Blut schießt mir in den Kopf. »Ich meine, ähm, vielleicht will dein Vater das Unternehmen nur fit machen und es dir in einem Topzustand übergeben«, stammle ich irgendwas Dahergelaufenes.

Bens Wangen röten sich nun ebenfalls. »Ach ja? Indem er

lokale Werkstätten kündigt, kleine Betriebe kaputtmacht und die Herzen der Menschen mit wertlosem Tand füllt?« Er springt auf und geht rastlos auf und ab, endlich lässt er raus, was ihn beschäftigt.

Gleichzeitig wird die Last auf meinen Schultern schwerer und schwerer. Ich weiß, dass es der Firma nicht schlecht geht. Sein Vater will nur mehr Gewinn. Was alle Unternehmer wollen, das ist kein Geheimnis. So läuft es eben.

Nur leider in die falsche Richtung.

Bislang habe ich den Wunsch nach mehr Wachstum nie ernsthaft infrage gestellt. Dessen Folgen schon. Nur, was sollte ich allein dagegen tun?

»Das regelt der Markt«, sagen die Wirtschaftsweisen.

Und was, wenn der Markt unklug handelt?

»Die Geldgier wird uns alle irgendwann auffressen...«, murmelt Ben resigniert, nimmt ein Stück Holz und betrachtet es von allen Seiten. Dann sieht er mich mit einem eindringlichen Blick an. »Weißt du, wovon ich letzte Nacht geträumt habe – und was mir seitdem nicht mehr aus dem Kopf geht?«

Ich möchte es hören und gleichzeitig nicht. Jedes weitere Wort von ihm scheint mich näher an den Abgrund zu bringen. Wie soll ich nur den Absprung schaffen?

Ben nimmt meine Hände. »Es klingt bestimmt seltsam, schließlich kennen wir uns kaum ...«

Mit einem Knall geht das Licht aus. Ben löst sich mit einem leisen Fluch von mir. »Die Sicherung fliegt ständig raus, die Elektronik muss komplett erneuert werden. Warte, ich hole eine Taschenlampe.«

Da stehe ich nun, in tiefer Schwärze, und höre mein Blut rauschen. So muss es sich anfühlen, wenn man in einer

Nussschale am Rande eines mörderischen Wasserfalls sitzt. Kann ich das Ruder noch rumreißen?

Ich bin die personifizierte Gewinnmaximierung, schlimmer noch, die Söldnerin seines Vaters, angeheuert für den Kampf um Marktanteile. Selbst wenn ich die Wahrheit weichspüle, bleibt sie steinhart.

Ich höre ein grausiges Scharren, lange schwarze Schatten scheinen nach mir zu greifen. Es sind meine Lügen, die mich einholen. Ich kann ihnen nicht entkommen.

»Ben? Wo bist du?«

»Irgendjemand hat die Taschenlampe entführt ...« Er kommt mit einer Öllampe aus dem Nebenraum, das flackernde Licht drängt die Dämonen zurück in ihre Ecken. Aber ich weiß, sie sind noch da und warten nur darauf, mich zu verschlingen.

Zitternd schmiege ich mich in Bens Arme.

»Es ist eine Bruchbude, das gebe ich zu, aber ...« Er zieht mich noch näher zu sich heran. Ich halte den Atem an, denn es ist etwas Wichtiges, was jetzt kommt, das spüre ich an seinem Herzen, das heftig unter meinen Fingerspitzen pocht. »Könntest du dir vorstellen, mit mir zusammen«, er räuspert sich, »hieraus eine Weihnachtswerkstatt zu machen? Schlichtes Handwerk, kleiner Familienbetrieb ...«

Mir verschlägt es nicht nur die Sprache. Ich zweifle an meinem Verstand. Passiert das hier gerade wirklich?

Ich weiche ein Stück von ihm zurück und starre ihn an. Ben reibt sich nervös den Nacken.

»War nur so eine Idee. Ich wollte dich damit nicht überrumpeln«, sagt er, als ich immer noch nicht antworte, weil ich überwältigt bin vor Glück und darauf warte, jeden Augenblick aus diesem wunderbaren Traum aufzuwachen.

»Keine Ahnung, das ist gar nicht meine Art, so aus dem Bauch heraus, aber es hat sich irgendwie richtig angefühlt …« Er verstummt.

Ich vollende an seiner statt den Satz: »… als wäre es die Antwort auf die Frage, wo dein und mein Platz in diesem Leben ist.«

Er blickt mich überrascht an, dann leuchten seine Augen. »Ja, genau das meine ich. Ist das nicht verrückt?« Er bettet mein Gesicht in seine Hände.

»Ich habe noch nie so etwas erlebt. Diese Gewissheit ist unfassbar schön – und macht mir gleichzeitig Angst, weil sie so stark und unvermittelt wie eine Naturgewalt über mich kam. Aber ich will nichts anderes. Ich bin endlich angekommen, hier mit dir, mein Engel.« Er versiegelt meine Lippen mit einem Kuss. Mein Geständnis bleibt unausgesprochen. Mir fehlt der Atem. Vor allem aber der Mut.

Kapitel 15

11. Dezember, wie lösche ich nur ein Feuer, das längst ein Flächenbrand ist?

Ben glaubt, ich sei engelrein. Das macht mich fertig. Zumal ich jetzt die Einzige mit einem Geheimnis bin. Wie soll ich ihm jetzt noch meine Lügengeschichte beichten, ohne dass er zutiefst enttäuscht von mir ist?

Es steht so viel auf dem Spiel – mein ganzes Leben, wie mir scheint –, dass ich wie gelähmt bin. Noch nie habe ich mich so hilflos und allein gefühlt.

Ich entschuldige mich bei den anderen mit Kopfschmerzen, die mich tatsächlich plagen, und verziehe mich ohne Abendessen ins Bett.

Nach einer weiteren unruhigen Nacht, in der ich durch ein Labyrinth ohne Ausweg irrte, schleiche ich mich am nächsten Morgen in die Küche, wo Pixie gerade frischen Kaffee kocht. Der Duft weckt meine Lebensgeister, dennoch fühle ich mich, als stünde ich mit einem Bein im Grab. Die Angst, Ben zu verlieren, hat ihre kalten Finger fest um meinen Hals gelegt. Mit jedem Atemzug zieht sich die Schlinge mehr und mehr zu, ich bekomme kaum noch Luft.

Wie einen rettenden Zaubertrank umklammere ich den Kaffeebecher, den Pixie mir ungefragt reicht.

»Ist Tom wirklich dein Bruder?«, fragt sie mich, nachdem wir schweigend ein paar Schlucke getrunken haben.

Sofort bin ich hellwach. Was hat Tom gestern Abend ausgeplaudert? Auch wenn meine Lage aussichtslos erscheint, möchte ich bitte selbst entscheiden, wann der Höllenschlund sich unter mir auftut.

»Hat er etwas anderes behauptet?«, antworte ich vorsichtig mit einer Gegenfrage.

»Nein.« Pixie gähnt. »Warum ist er hier? Deinetwegen?«

»Er hatte Sehnsucht. Tom passt immer auf mich auf«, erwidere ich, und das ist noch nicht einmal gelogen. Wobei ich es normalweise bin, die ihn unterstützt.

»Ah«, sagt Pixie nur, sie klingt nicht überzeugt.

Oje. Ich hätte bei ihm bleiben müssen. Aber nach dem Gespräch mit Ben konnte ich nicht anders, als mir die Decke über den Kopf zu ziehen.

Leider bringt es nichts, sich vor seinen Problemen zu verstecken, außer dass sie wild weiterwuchern. Meine drohen mittlerweile, mich zu verschlingen. Ich muss schnellstens die Kontrolle zurückgewinnen. Denn ich habe etwas, um das es sich lohnt, zu kämpfen.

Als ich das Esszimmer betrete, sitzen alle bereits am Frühstückstisch. Ben sieht mich besorgt an und fragt, ob es mir gut gehe. Ich schenke ihm ein Lächeln, behaupte, alles sei in Ordnung und setze mich zu meinem Bruder. Ich muss dringend mit ihm reden. Unter vier Augen.

»Guten Morgen«, begrüße ich ihn und kneife ihm unauffällig in den Nacken, damit er die Ohren spitzt. »Das hier ist *meine* Mission, okay? Wann geht dein Zug?«, raune ich ihm eindringlich zu.

»Wohin?« Er stellt sich absichtlich auf den Schlauch. Sobald niemand hinsieht, werde ich ihn erwürgen. Auf eine Leiche mehr im Keller kommt es nicht an.

»Nach Hause. Von mir aus auch dorthin, wo der Pfeffer wächst.«

»Wo wohnst du denn, Tom?« Yvet hat unser Gespräch offenbar belauscht. Obwohl sie am anderen Ende der Tafel sitzt, die Unterhaltungen lebhaft und quer durcheinander liefen und ich geflüstert habe. Wie macht sie das? Voll gruselig.

Tom hingegen scheinen Yvets übernatürliche Ohren nicht zu stören. Im Gegenteil. Er hat ein schiefes Grinsen aufgesetzt, wuschelt sich verlegen durch die Haare und scheint alles um ihn herum vergessen zu haben.

Oh, nein. Ich weiß, was das bedeutet: Er ist verschossen!

In Yvet.

Ausgerechnet.

Ist das gut oder schlecht?

Keine Ahnung.

Verübeln kann ich es ihm jedenfalls nicht. Yvet hat eine geradezu magische Ausstrahlung. Ihre grünen Augen blitzen unter langen Wimpern, die blonden Haare fallen in glänzenden Locken. Tom ist verloren, das sehe ich an seinem Blick.

»In Ba –«, beginnt er wie ferngesteuert und verrät uns beinahe, doch ich schreite rechtzeitig ein. »Bad Bramstedt«, nenne ich den nächstbesten Ort, der auf Toms Gebrabbel passt. Dort war ich mal beruflich, ist schon lange her.

»Meine Tante lebt da«, sagt Pixie, die Matteo gerade

frischen Kaffee nachschenkt. »Kennt ihr das Café Hühnerstall?«

Nein, ich war nur im Büro irgendeines Zulieferers. Und jetzt? Ich beiße gestresst auf meine Lippe, mein Bruder hingegen lehnt sich entspannt zurück und behauptet: »Klar. Die haben den besten Cheesecake, mit Karamellsoße, lecker!«

Beim heiligen Käsekuchen, hoffentlich stimmt das.

Pixie sagt darauf nichts. Sie blickt Tom nur unergründlich über den Rand ihres Kaffeebechers an, nimmt einen kräftigen Schluck und widmet sich wieder ihrem Rührei.

Ich atme auf, wenn auch nicht vollends erleichtert. Ob Pixie etwas ahnt?

Zumindest bringt dieses Hühnerstallcafé mich auf eine Idee, wie ich ungestört mit meinem Bruder reden kann. Denn das ist dringend nötig. Bevor seine Lügenmärchen mit meinen kollidieren und uns der ganze Salat um die Ohren fliegt.

»Apropos. Was hältst du davon, Tom, dass wir gemeinsam den Hühnerstall ausmisten?«, schlage ich kurzerhand vor und presse seinen Unterarm stärker als nur aufmunternd.

Tom reißt übermäßig, nahezu panisch, die Augen auf. Putzen ist nicht so seins. »Leider bin ich *allergisch.* Schon vergessen?«

»Die Milben, stimmt's? Das Problem habe ich auch«, springt Matteo ihm bei und wirft mir dabei einen Blick zu, der keinen Zweifel daran lässt, dass er aus der Hühnerstallnummer raus ist.

Darauf, dass niemand sonst mitmacht, hatte ich spekuliert. Nur Tom lasse ich nicht so schnell vom Haken.

»Bei Tom ist es eine Allergie gegen Arbeit«, sage ich spitz. »Hausstaub juckt ihn nicht, den kultiviert er in seiner Studentenbude, unter dem Bett, in den Ecken …«

Yvet kichert. Das zeigt Wirkung.

»Schon gut, schon gut«, räumt Tom ein. Er trinkt seine Milch in einem Zug aus und krempelt die Ärmel hoch. »Ich gebe mich geschlagen. Wo ist das Hotel ›Zur hinkenden Henne‹?«

Bevor sich weitere Freiwillige melden können, springe ich auf und schiebe meinen Bruder nach draußen.

Kaum sind wir außer Hörweite, lasse ich Dampf ab, ich stehe unter Druck wie ein Hochleistungskessel ohne Ventil.

»Mensch Tom, warum bist du hierhergekommen? Du vermasselst am Ende alles!«

Das ist nicht fair, ich weiß. Schließlich bin ich es selbst, die den Karren mit Vollgas gegen die Wand fährt.

»Jetzt entspann dich«, erwidert mein Bruder. »Ich habe mir einfach Sorgen gemacht. Du verschwindest im Nirgendwo bei irgendwelchen ominösen Aussteigern. Ich konnte dich nicht erreichen und hatte wilde Kettensägenfantasien. Ist doch klar, dass ich nach dir sehen musste. Oder?«

Das ist so herzig, dass mein allgemeiner Unmut verfliegt und ich ihn spontan umarme. »Ich hab dich lieb.«

»Ich dich auch.« Er wuschelt mir durch die Haare, wie er es schon als Kleinkind getan hat.

»Hey, jetzt sehe ich aus wie ein Huhn!«, beschwere ich mich lachend.

»Passend zum Anlass«, kontert mein Bruder und gackert albern.

Für einen Moment lässt meine Anspannung nach.

Wir holen Handschuhe, Eimer, Schaufel und Spachtel aus dem Geräteschuppen und schlendern in den Garten, wo der windschiefe Hühnerstall steht. Sogleich lässt ihn meine Fantasie in Schwedenrot mit weißen Fensterläden erstrahlen.

Dann betreten wir das Holzhäuschen und mir wird meine beschissene Lage wieder bewusst.

»Es ist besser, wenn du nachher abreist«, sage ich zu Tom, während ich die Handschuhe überstreife. »Diesen Mist muss ich allein auslöffeln.«

»Ach, komm schon. Ich habe die nächsten Tage nichts vor und ich find's hier …«, er zieht die Nase kraus und kehrt Kothäufchen zusammen, »… ähm, nett.«

»Ha, ha! Du machst mir nichts vor. Es ist Yvet, die du mehr als nur *nett* findest.«

Tom hüllt sich in Schweigen, das hört sich nicht gut an. Wenn ihm die lockeren Sprüche ausgehen, wird es ernst.

Auch das noch! Muss er sich ausgerechnet in meine Gegenspielerin verlieben? Was, wenn seine Lovestory meinetwegen schiefläuft? Dann wird auch noch Tom mich hassen.

Hätte ich diesen Auftrag nur nie angenommen!

Verzweifelt kratze ich mit einem Spatel Hühnerdreck von einem Balken. Das ist mit Abstand der schlimmste Adventssonntag aller Zeiten.

Während ich darüber nachsinne, was ich jetzt wohl täte, wenn ich mich nicht bei *Nikolaus & Sohn* beworben hätte, fragt Tom mich unverhofft: »Warum bist du eigentlich noch undercover? Ben wirkt echt okay, ihr scheint euch zu mögen. Wieso erklärst du ihm nicht alles?«

»Will ich ja, ich suche nur nach dem richtigen Zeitpunkt. Und den passenden Worten. Die es leider nicht gibt. Ach, verdammt.«

Mein Bruder macht daraufhin ein seltsames Geräusch, das einem allwissenden Hüsteln ähneln könnte.

»Was?«, hake ich gereizt nach, als er nichts weiter sagt.

Er sieht mich mitleidig an und seufzt theatralisch.

»Raus mit der Sprache!«

»Es ist schlimmer, als ich dachte.«

Er sagt das in einem Tonfall, als wäre ich dem Tod geweiht. Und so fühle ich mich auch. Sterbenselend.

»Ich weiß«, jammere ich.

»Ich freu mich für dich!« Tom nimmt mich in den Arm.

»Du kapierst auch gar nichts«, sage ich erstickt und schluchze dann eine Weile lang mein ganzes Elend in seine Steppjacke. Dann berichte ich ihm von meinem Schlamassel.

Tom legt tröstend seinen Arm um mich, wir sitzen schweigend auf dem Hühnerbalken und hängen unseren Gedanken nach.

»Von welcher Seite ich es auch betrachte, ich finde keine Lösung, sondern drehe mich nur im Kreis«, sage ich irgendwann.

»Dabei ist es ganz einfach«, erwidert mein Bruder. »Raus damit und warten, was passiert.«

»Mehr fällt dir dazu nicht ein? Das ist doch kein Experiment, bei dem ich eine Mixtur aus gut gemeinten Fehlern, dreisten Lügen und echten Gefühlen zusammenrühre. Das Gebräu fliegt mir schneller um die Ohren, als dass es irgendwer schlucken kann.« Ich denke dabei nicht nur an Ben. Sondern auch an Pixie, Zoe und Matteo. Sie alle werden enttäuscht von mir sein.

»Wer dich ehrlich liebt, wird dir verzeihen«, meint mein Bruder, küsst mich auf die Wange und macht sich wieder an die Arbeit. »Du kannst nicht immer alles richtig machen. Auch wenn du das von dir selbst forderst. Und auch meistens schaffst.« Er schüttelt sich leicht, als wäre das zum Gruseln. »Ich warte schon seit Jahren darauf, dass du mal was

Unvernünftiges tust. Und was bekomme ich geboten? Ein paar singende Rentiersocken. Wow.«

»Wie bitte?« Ich kann nicht glauben, was ich da höre.

»Versteh mich nicht falsch«, fährt er fort und fegt dabei ungerührt Spinnenleichen zusammen. »Du bist der netteste Mensch, den ich kenne. Pflichtbewusst, zuverlässig, großherzig.«

Das klingt schon besser. Aber auch etwas fad. »Und was ist mit spannend, smart und sexy?«

»Genau hier liegt das Problem.«

»Herzlichen Dank.«

»Wann hattest du das letzte Mal ein heißes Date? Warst Eisbaden, Schlammcatchen oder Aktmalen?«

»Eisbaden? Bist du wahnsinnig?«

»Was auch immer dich happy macht.«

Normalerweise hätte ich dagegengehalten, dass ich sehr wohl glücklich bin. Nach einer erfolgreichen Präsentation. Mit einer heißen Schokolade und einem guten Buch am Wochenende. Oder wenn ich das passende Weihnachtsgeschenk gefunden habe.

Aber jetzt, da ich kritisch in mich hineinhorche, fehlt in meinem Glücksrezept etwas.

Nur was?

Ich betrachte mein Leben aus der Vogelperspektive. Mit etwas Abstand wirkt es, als blättre ich durch einen Hochglanzkatalog. Es gibt keine Ecken, keine Kanten, überall Lichterglanz und Sahnehauben. Im Job bin ich Perfektionistin, eine, die mehr als hundert Prozent gibt. Zuhause zelebriere ich Gemütlichkeit, alles ist cozy und clean.

Hübsch. Beneidenswert aufgeräumt. Doch leider ziemlich zweidimensional. Wie ein bloßes Abbild des echten Lebens.

Erinnerungen an die letzten Tage kommen hoch: Der Sturz von der Leiter, verdreckte Klamotten, das Schaumbad danach, der Waldspaziergang mit Matteo und die Küchenphilosophie mit Pixie und Zoe, Putzen zu Hiphop und Holzhacken im Schnee. Ich habe gefroren und geschwitzt, habe mich gefürchtet und geekelt, bin gefallen und über mich hinausgewachsen.

Und plötzlich verstehe ich, was Tom mir sagen will: Riskier mal was, und lass dich vom Leben überraschen!

Das klingt verlockend, macht mir aber auch Angst. Denn so bin ich eigentlich nicht. Ich plane meine Schritte gern, berechne und durchdenke, bevor ich handle, kurz: Ungewissheit und Chaos kann ich wenig abgewinnen.

Nur setze ich mir damit selbst Grenzen. Und verpasse, was hinter meinem engen Horizont geschieht. Weil ich es von vornherein ausschließe.

Es stimmt. Nie wäre ich freiwillig hierhergekommen. Und jetzt? Jetzt will ich nicht mehr weg.

Also Luisa, husch, raus aus deinem Puppenhaus!

»Okay, ich versuche es«, sage ich mehr zu mir selbst.

Aber ich brauche ein bisschen Zeit, um mich darauf vorzubereiten. Von jetzt auf gleich kann ich mein altes Musterschülerinnen-Ich nicht abschütteln.

Ich möchte das Gespräch mit Ben unter kontrollierten Bedingungen führen. Soweit das möglich ist. Nichts soll meine ohnehin geringe Chance auf einen glücklichen Ausgang dieser verfahrenen Geschichte gefährden.

»Könntest du dich ein wenig um Yvet kümmern?«, frage ich Tom und erkläre ihm, dass sie meine Verbindung zu *Nikolaus & Sohn* kennt und von weiteren Recherchen abgelenkt werden muss, bis ich mit Ben gesprochen habe.

»Mit Vergnügen«, antwortet Tom mit einem breiten Grinsen und macht sich daran, Stroh zusammenzukehren.

Ich reinige derweil die Leiter und schmiede einen Dreistufenplan, den ich gleich morgen umsetzen werde. Mit neuer Zuversicht putzt es sich doppelt schnell, und bald sieht der Stall so gemütlich aus, dass ich mir fast vorstellen könnte, dort einzuziehen. Vor allem, als Pixie selbstgebastelte Bilderrahmen vorbeibringt. Sie hat sie aus Holzresten zusammengenagelt und alte Postkarten hineingeklebt.

»Fehlt nur noch eine Lichterkette ...« Ich deute auf die nackte Glühbirne, die wenig einladend von der Decke baumelt.

»Du bist rettungslos romantisch.« Pixie verdreht gespielt die Augen, umarmt mich dann und drückt mir einen Schmatzer auf die Wange. »Auf dem Dachboden habe ich einen hübschen, kleinen Kronleuchter gesehen, den baue ich für dich ein, mein kleines Weihnachtshuhn!«

»Wohl eher ein Dreckspatz«, sagt mein Bruder und vollführt den Ententanz.

»Ihr müsst beide ins Wasser, egal ob Ente, Spatz oder Huhn«, sagt Pixie und schickt uns mit gerümpfter Nase ins Bad.

Ich darf als Erste in die Wanne, denn beim Auslosen gewinnt meine Schere, sie zerschneidet Toms Papier. Während ich wohlverdient in heißem Schaum versinke, träume ich von Hühnern, einem Lädchen neben der Werkstatt, von Kuchen mit frischen Eiern, selbstgeschnitzten Holzengelchen, Ben und mir, Hand in Hand.

Dann reißt Tom mich aus meinem Tagtraum, er hämmert an die Tür. »Beeil dich. Es gibt Kuchen!«

Kuchen? Mein Magen schlägt einen freudigen

Purzelbaum. Im Nu bin ich aus der Wanne raus, gekämmt, geföhnt und angezogen. Tom macht hinter mir einen Kopfsprung ins Wasser, er will wohl das beste Stück nicht verpassen.

Auf der Treppe rieche ich schon den Duft von frischem Kaffee, ich höre Stimmengewirr im Wohnzimmer und fühle mich aufgeregt und glücklich wie ein Kind am Weihnachtsmorgen.

Unten erwartet mich die tollste Torte, die ich je gesehen habe: Auf dunkler Schokolade picken pummelige Hennen, ein Hahn kräht auf einem Karamellberg.

»Ein Kikerikikuchen!« Vor Entzücken entfährt mir ein Quieken.

»Du klingst wie ein Ferkel«, meint Zoe, die gemeinsam mit Yvet dieses Kuchenkunstwerk erschaffen hat.

»Dann ist der Bauernhof ja komplett«, sagt Yvet trocken, zwinkert mir aber freundschaftlich zu. Seitdem Tom hier ist, hat sie ihre Krallen eingefahren und schnurrt wie ein zahmes Kätzchen, sobald er in der Nähe ist.

Der erscheint in diesem Moment, seine nassen Haare rubbelt er mit einem Handtuch trocken. Yvet ist ihm sogleich dabei behilflich. Die beiden sind schon süß miteinander, das muss ich zugeben.

»Auf unser Team Hühnerstall!«, bringt Matteo einen Toast aus.

Fussel bellt, alle heben die Tassen und Ben dankt uns für unseren Einsatz. Danach loben wir uns reihum. Zuerst bestaunen wir die Torte, Matteo und Ben bekommen Applaus für ihre Arbeit in der Werkstatt, sie haben die Maschinen gewartet, Fussel hat derweil das Gemüsebeet gründlich umgegraben, Pixie hat den Dachboden aufgeräumt und dabei einige Ölgemälde zum Vorschein gebracht, die sie uns stolz zeigt. Ein Hoch auf uns! Wir quasseln durcheinander, über dies und das, und sind einfach zufrieden.

Im Kamin prasselt ein Feuer, Fussel legt sich auf meine Füße, Ben schenkt mir heimlich einen Kuss, so könnte es für immer bleiben.

Kapitel 16

12. Dezember, Tag der Wahrheit!

Der nächste Morgen ist grau. Nebel lastet schwer auf der Welt und verschluckt Bäume, Büsche, sogar die Stoppel auf den Feldern. Ich habe das Gefühl, von der dichten Suppe erstickt zu werden. Dennoch schnüre ich meine Stiefel, denn ich habe eine Mission: Ich muss einen Funkmast finden oder wenigstens einen Ort mit einem Balken Empfang. Damit ich Nikolaus senior anrufen kann. Ja, genau das habe ich vor! Vater und Sohn zusammenzuführen, damit sie ihren Konflikt lösen können. Ich bin nämlich nur zwischen die Räder dieses aus dem Takt geratenen Uhrwerks gekommen. Nicht unschuldig, nein, aber auch weder die Ursache noch die Lösung des Problems.

»Komm, Fussel.« Den anderen habe ich gesagt, ich gehe eine Runde Gassi.

Matteo wollte mitkommen, zu meinem Glück hat Ben ihn gebeten, ihm beim Umschichten eines Bretterstapels zu helfen.

Also stapfe ich allein den Waldweg entlang, immer bergauf, voller Hoffnung, dass oben die Sonne scheint. Zumindest metaphorisch.

Wie eine Schatzsucherin mit Metalldetektor halte ich mein Handy in alle Himmelsrichtungen und hoffe darauf, dass es ausschlägt. Leider wartet kein Goldschatz auf mich, sondern ein wutanfälliger Geschäftsführer, dessen Sohn ich liebe. Ich beschließe, nicht weiter darüber nachzudenken, wie verworren das alles ist, sonst komme ich noch vom Weg ab.

Prompt biegt Fussel auf einen Trampelpfad ein, der einen Hügel emporklettert. Ich folge ihm und werde mit einem starken Signal belohnt.

»Braver Hund«, lobe ich ihn, obwohl ich mir ziemlich sicher bin, dass seine Spürnase nicht elektromagnetischen Wellen, sondern einer heißen Hasenfährte gefolgt ist.

Fussel kratzt hier und da den Boden auf, markiert einen Maulwurfhügel und wälzt sich wohlig im Laub, während ich ein letztes Mal meine Worte sortiere und dann die Nummer von Nikolaus senior wähle.

»Na endlich!«, werde ich wenig herzlich begrüßt. »Wir versuchen seit Tagen, Sie zu erreichen. Einfach abzutauchen, entspricht nicht unserer Unternehmenskultur.«

Und Holzhacken stand nicht in der Stellenausschreibung, liegt mir auf der Zunge, aber ich beiße mir rechtzeitig darauf. Stattdessen setze ich ein motivierendes Lächeln auf, das ich nicht fühlen, aber hoffentlich trotzdem rüberbringen kann. Es muss mir gelingen, dass Nikolaus senior meinem Vorschlag, sich mit seinem Sohn auszusprechen, zustimmt.

Ich setze an, aber er fährt mir direkt über den Mund: »Haben Sie ihn gefunden?«

»Ja«, erwidere ich reflexartig.

»Wo ist er?«

Er reißt das Gespräch grob an sich, lässt mir und meinen Ausführungen keinen Raum. Ich atme tief durch, richte mich kerzengerade auf und stemme meine Beine fest in den Boden, um ihm Widerstand leisten zu können.

»Hören Sie, Sie müssen mit Ben reden. Von Vater zu Sohn, auf Augenhöhe. *Nikolaus & Sohn* ist ein Familienunternehmen. Das bedeutet auch, dass man nach gemeinsamen Lösungen sucht. Aufeinander zugeht. Und auch mal zurücksteckt.«

»Die Adresse!«

Wie bitte? Verdattert nehme ich das Handy vom Ohr und prüfe, ob die Leitung noch steht. »Haben Sie gehört, was ich gerade gesagt habe?«, frage ich vorsichtshalber nach.

»Sie verschwenden meine Zeit«, bellt er so laut, dass ich es wahrscheinlich sogar ohne Funkverbindung gehört hätte. »Selbstverständlich will ich mit ihm reden. Aber dafür muss ich wissen, wo er ist.«

Für sich genommen könnten mich seine Worte optimistisch stimmen. Er will mit Ben reden. So weit, so gut. Leider habe ich nicht das Gefühl, dass Nikolaus senior ergebnisoffen und zugewandt in den Dialog mit seinem Sohn treten wird.

Es deshalb gar nicht erst zu versuchen, bedeutet allerdings, die Sache verloren zu geben. Und das ist nicht mein Stil. Ich werde Ben unterstützen und mich zur Not zwischen die Fronten werfen. Ich bin gut darin, Kompromisse zu finden und zu vermitteln. Sogar, wenn es ums Geld geht; und da hört wirklich jede Freundschaft auf.

»Kann ich heute noch mit einer Antwort rechnen?«

Was für ein knochenharter Brocken! Schwer zu sagen, ob meine Moderationsfertigkeiten ausreichen, um ihn weichzukochen.

Sei's drum, ich muss es riskieren!

Einen winzigen Moment zögere ich noch, dann gebe ich ihm die Adresse. Immerhin sind sie eine Familie. Und ich habe mich dafür entschieden, mit der Heimlichtuerei aufzuhören und diese verworrene Beziehungskiste aufzuräumen.

»Gute Arbeit!« Der Senior beendet das Gespräch, bevor ich meine Kündigung aussprechen kann. Das war nämlich der zweite Punkt auf meiner Liste. Bevor ich Ben gegenübertrete, möchte ich frei von Verbindlichkeiten sein. Bereit für einen Neuanfang. Wie auch immer er aussehen mag.

Mein Finger schwebt über dem grünen Telefonsymbol. Ich habe hart für diesen Job gekämpft, es fällt mir schwer, ihn loszulassen.

Tief in meinem Herzen weiß ich, dass ich nur einer Illusion nachgejagt bin. Denn hier, am Gegenpol meiner Märchenwelt, habe ich gelernt, dass wahres Glück nicht von einer perfekten Kulisse abhängt. Überall geschehen Zauber und Wunder, vor allem dort, wo man es am wenigsten erwartet.

Gestern im Hühnerstall habe ich beschlossen, mutiger zu werden. Los, Augen zu und Schritt in Leere!

Mit einem Zittern im Bauch wähle ich erneut die Nummer des Chefbüros, diesmal geht Petra ran. Sie freut sich sehr, mich zu hören. Wir wechseln ein paar Worte über Funklöcher, und sie berichtet von der Gewitterstimmung, die, seit ich fort bin, im Unternehmen herrscht.

»So schlimm?«, frage ich nach.

»Kennst du die Geschichte vom Wüterich?«

Unwillkürlich ziehe ich den Kopf ein. »Kannst du mich mit ihm verbinden?« »Er telefoniert gerade.« Aber Petra verspricht, mich sofort zurückzurufen, sobald die Leitung frei ist.

Ich willige ein – und beschwöre damit eine Tragikomödie

herauf, die sich im Dominoeffekt unaufhaltsam fortpflanzt. Ein Stein fällt nach dem anderen.

Mein Klingelton ist nämlich noch immer weihnachtlich, ›jingle all the way‹. In dem Tohuwabohu der letzten Tage habe ich vergessen, ihn zu ändern. Das bereue ich jetzt. Denn kaum hallen die ersten Glöckchen des Rückrufs durch die Winterluft, wirft Fussel sich kläffend auf mich. Ich werde unter einem Fellberg begraben und schlucke reichlich Dreck.

Fussel schnappt sich derweil mein Telefon und zischt davon.

»Stopp!«, rufe ich ihm nach.

Aber Fussel hört nicht auf mich. Wie von einem Rudel rasender Rentiere verfolgt, fetzt er durch den Wald. Ich rapple mich auf und laufe ihm hinterher.

»Warte!« Ich kämpfe mich durch finstere Tannen und reiße mir an Brombeersträuchern die Hose auf. Tiefer und tiefer dringe ich in das Dickicht ein. »Fussel, wo bist du?«

Immer wieder rufe ich nach ihm, bekomme aber keine Antwort.

Wie konnte ich ihn nur so verschrecken? Was, wenn er wie von Sinnen auf eine Landstraße läuft und verunfallt? Oder sich verirrt und nie mehr zurückfindet?

Ich sehe Matteos Herz brechen und meines gleich mit. Ein klammes Gefühl breitet sich in mir aus. Ich bleibe stehen und blicke in die Runde. Ich habe definitiv die Orientierung verloren. Um mich herum nichts als Wald, nirgends ein Weg.

Mittlerweile pulsiert die nackte Angst durch meine Adern.

Jedes Knacken lässt mich herumfahren, hinter jedem Baum scheint ein Biest zu lauern. Ich befinde mich weit außerhalb meines Wohlfühlbereichs. Tom wäre stolz auf mich, könnte er mich jetzt sehen. Ich hingegen würde meine neue

Risikobereitschaft gern wieder abgeben. Lieber will ich zurück in meine langweilige Vorzeigewohnung mit Sicherheitsschloss!

Auf einer Lichtung mache ich Halt und lasse meine Tränen laufen, bis die Nase tropft. Die Taschentuchverpackung knistert unnatürlich laut in der Stille des Winterwaldes. Das schaurige Schreien eines wilden Tieres antwortet darauf. Dann höre ich Pfoten schnell näherkommen.

Oh Gott.

Ich erstarre. Ist das ein Wolf?

Nein, es ist ein vernaschter Wolfshund, der sich ein Leckerli erhofft. Matteo hat immer Hundekekse in einer Tüte, die raschelt, wenn er einen herauszieht. Plastikgeknister scheint bei Fussel besser zu funktionieren als jede Hundepfeife. Hätte ich das gleich gewusst!

Mein Hundefreund prescht aus dem Unterholz, setzt sich brav vor mich und hechelt mir ein gut gelauntes Grinsen entgegen.

»Da bist du ja, ich bin so froh!« Ich hocke mich zu ihm und knuddle ihn fest. Fussel leckt hingebungsvoll mein Ohr.

Mein Handy ist natürlich weg, vermutlich in einem tiefen Erdloch, begraben für alle Ewigkeit. Aber das ist mir gerade herzlich egal. Hauptsache, ich habe meinen lieben Fussel wieder.

»Komm, wir gehen nach Hause!«

Fussel wedelt fröhlich mit dem Schwanz und trabt voraus. Ihm scheint das Abenteuer zu gefallen. Ich lasse mich von ihm anstecken und genieße unsere planlose Wanderung querfeldein. Die Sonne kommt raus und vertreibt den Dunst. Goldene Strahlen fallen auf den Waldboden. Es ist friedlich. Mit Fussel an meiner Seite fühle ich mich sicher. Zusammen werden wir den Heimweg schon finden.

Tatsächlich soll es aber noch über zwei Stunden dauern, bis wir an der Tischlerei ankommen. Meine Beine sind mittlerweile schwer wie Felsbrocken, trotzdem renne ich die letzten Schritte fast.

»Ben!« Ich muss sofort mit ihm reden, bevor Nikolaus senior es tut. Mein Rückweg hat viel zu lang gedauert. Zeit genug, um in einem Sportwagen über die Autobahn hierhin zu brausen. Das geht deutlich schneller als mit dem Zug, der an jeder Milchkanne hält. Ich rechne damit, dass Bens Vater jeden Augenblick auftaucht.

»Da bist du ja. Wo warst du?« Ben eilt aus der Werkstatt auf mich zu. »Wir haben uns Sorgen gemacht. Pixie ist los, um dich zu suchen!« Er mustert mich von Kopf bis Fuß, sein Blick bleibt an meiner verdreckten Jeans hängen. »Bist du verletzt?«

Ich schüttle den Kopf. Wie gern würde ich mich einfach an ihn schmiegen und alles um mich herum vergessen.

Doch ich bleibe auf Abstand, denn ich habe etwas zu sagen. Ich räuspere mich gegen mein Herzklopfen an.

Ben steht nur zwei Armlängen entfernt vor mir. Und scheint doch unerreichbar. Komischerweise macht er ebenfalls keine Anstalten, mich zu umarmen. Seine Lippen sind fest aufeinandergepresst, die Kiefer mahlen, als habe er einen harten Brocken zu schlucken.

Oh nein, nein, nein!

»Es tut mir furchtbar leid«, bringe ich mühsam hervor.

Ben blinzelt überrascht. »Wieso? Wusstest du etwa Bescheid?«

Moment. Wovon reden wir?

Ich frage behutsam nach. Ben seufzt schwer und klärt mich darüber auf, dass Yvet und Tom abgehauen sind.

»Was? Wieso?«

»Yvet ist Journalistin, wie du weißt. Sie hat herausgefunden, wer ich bin – oder vielmehr war –, und einen Artikel über mich geschrieben.« Er zeichnet mit den Händen einen fettgedruckten Titel in die Luft und zitiert: »Arme Kinder: Der Nikolaus steigt aus dem Weihnachtsgeschäft aus!«

»Mies«, rutscht es mir raus.

Dabei geht der größere Vertrauensbruch auf mein Konto.

»Was soll's, ich war naiv. Zu glauben, dass dies ein Ort weitab von skrupellosen Eigeninteressen ist, war lächerlich!«

Ich hingegen habe die Schlagzeile kommen sehen. Und nichts dagegen unternommen. Weil ich zu feige war, mit Yvet und mit Ben offen darüber zu reden. Ich habe ebenfalls nur an mich gedacht, jetzt fällt mir mein Egoismus tonnenschwer auf die Füße.

Ben reißt sich die Mütze vom Kopf, ich spüre, wie verletzt er ist.

»Ist es sehr schlimm? Was hat sie geschrieben?«

»Ich habe nur die ersten Zeilen überflogen. Sie berichtet vom ›Aussteigercamp‹, wie sie es nennt.« Er atmet tief durch. »Was in dem Artikel steht, ist mir ehrlich gesagt ziemlich egal. Ich bin nur enttäuscht, dass sie hinter meinem Rücken in meinen Angelegenheiten wühlt. Hätte sie mich nicht einfach fragen können? Ich dachte, wir teilen die gleichen Werte. Dass wir alle zu einer Gemeinschaft zusammengewachsen wären. Ja, dass wir Freunde sind. Langsam verliere ich den Glauben an die Menschen …«

Eine schwere Pause entsteht, in der wir beide dem Gesagten nachhängen, jeder aus seiner Perspektive. Mittlerweile bekomme ich kaum noch Luft, so sehr rast mein Herz. Dann wage ich zu fragen: »Kann es sein, dass sie sich nicht getraut hat, mit dir zu reden, weil sie Angst hatte, du würdest sauer werden?«

»Das glaubst du doch selbst nicht.« Ben schnaubt abfällig. »Ihr ging es nur um sich selbst, ein hübsches Honorar, den nächsten Job, Urlaub auf Bali, was weiß ich.« Er setzt seine Mütze wieder auf. »Gut, dass sie fort ist! Auf so jemanden kann ich verzichten.«

»Ja, vielleicht«, sage ich, meine Stimme vibriert, mein Hals ist schmerzhaft zugeschnürt. Wie soll ich ihm jetzt bloß erklären, was ich alles auf dem Kerbholz habe? So, wie Ben auf Yvets Vertrauensbruch reagiert hat, wird er mir sicher nicht vergeben.

»Hey, schau nicht so traurig.« Ben zieht mich nun doch zu sich heran. »Tut mir leid, dass dein Bruder auch abgereist ist. Ich mochte ihn. Auch wenn er sich auf Yvets Seite geschlagen hat. Er meinte, ich solle nicht überreagieren.« Ben macht ein gereiztes Geräusch.

»Typisch Tom.« Mein Bruder nimmt alles gelassen, selbst die größten Katastrophen. »Mit seinen lockeren Sprüchen kann er jeden auf die Palme bringen, vor allem, wenn man ohnehin kurz vor dem Explodieren ist. Aber er ist ein lieber Kerl.«

»Na ja, ganz Unrecht hat er nicht«, murmelt Ben in meine Haare. »Die Firma ist mein wunder Punkt, da flippe ich momentan voll aus.«

»Kann ich verstehen.«

»Du bist mir nicht böse?«

Verdrehte Welt. Ben fragt mich um Verzeihung, dabei müsste ich ihn darum bitten. Warum nur fällt es mir so schwer, endlich mit der Sprache herauszurücken? Ich beginne, am ganzen Körper zu zittern.

»Du bist ja komplett durchgefroren. Geh erst mal rein und mach dir einen Tee, ich räume noch kurz ein paar Sachen weg und komme gleich nach.«

Ich habe keine Kraft zu widersprechen, nur mühsam halte ich mich aufrecht. Wie ferngesteuert gehe ich ins Haus.

Drinnen schlagen mir krasse Bässe und saftige Schimpfwörter entgegen. Zoe sitzt, versunken in ihrem XXL-Hoodie, am Esstisch und zeichnet: Punks jedes Alters, die Panzer in der Wüste stoppen, kleine Kinder, die mit Gießkannen Waldbrände löschen und, etwas verstörend, Hausschweine mit Kittel und Haarnetz, die Menschen zur Schlachtbank führen.

Ich lasse mich auf einen Stuhl sinken und lausche der Wut der Rapperin, ihrer Verzweiflung über die Menschheit.

Warum sind wir nur so – grausam?
Hab keine Angst im Dunkeln.
Du bist das größte Monster auf dieser Erde.

Die apokalyptischen Verse passen zu meiner Weltuntergangsstimmung. Ich lasse den Kopf auf die Tischplatte fallen, versinke in Reue und Selbstmitleid und schaue nicht mal auf, als draußen ein schwerer Motor röhrt und dazu ein eindringliches Hupen erklingt.

»Proll«, murmelt Zoe genervt.

Mir egal. Ich warte nur noch darauf, dass mir der Himmel auf den Kopf fällt.

Kapitel 17

Vieles hätte ich erwartet. Das nicht.

»Hallo? Jemand zuhause?«, höre ich kurze Zeit später eine Frauenstimme rufen. Sie kommt mir seltsam vertraut vor. Unangenehm vertraut.

Ganz automatisch richte ich mich auf. Ich kenne diese Person. Nur, woher?

Bevor mein Personengedächtnis einen passenden Steckbrief ausspucken kann, steht sie schon vor mir.

»Ann-Kristin.« Die den Kardamomkakao streichen will. »Was machen Sie denn hier?«

»Ihren Job, meine Liebe. Offenbar kriegen Sie ja nichts auf die Reihe«, antwortet sie herablassend und sieht sich angewidert um. »Was für ein Horrorhaus.«

»Was für ein Horroroutfit«, kontert Zoe und mustert mit unverhohlenem Grinsen Ann-Kristins hochhackige Schuhe.

Die lässt Zoe links liegen, macht ungerührt den Bluetooth-Lautsprecher aus und wendet sich mir mit überzogener Dramatik zu.

»Können Sie mir erklären, was für ein Theater sie hier aufführen?«, pflaumt sie mich an. »Wir warten seit Tagen auf eine Nachricht von Ihnen. Und was tun Sie? Tauchen einfach ab. Dabei haben Sie ihn längst gefunden. Das ist unfassbar! Wir brauchen Ben, dringend. Und das wissen Sie. Wenn Sie mich fragen, ein klarer Kündigungsgrund.«

Sie stampft mich ungespitzt in den Boden. Und ich lasse es geschehen. Es ist sowieso alles aus.

»Wer bist du eigentlich? Ein lächerlicher Racheengel nach einem Friseurunfall?«, mischt Zoe sich ein. Sie legt den Stift beiseite und schlägt ihre Kapuze zurück, in ihren Augen Zorn, die Stimme fest, selbst ihre Schultern wirken breiter als sonst. Sie stellt sich vor mich, steht für mich ein. Trotz allem, was sie gerade erfahren hat. Das macht mich fast noch mehr fertig als Ann-Kristins Gezeter.

»Schon gut, Zoe«, beschwichtige ich sie und werfe ihr einen dankbaren Blick zu.

»Ach, schau an. Wie süß. Sie haben eine Ferienlagerfreundin. Nicht vergessen, vor der Abreise die Adressen zu tauschen.«

»Lass deine Scheißlaune woanders raus. Die Tür ist dahinten. Tschüss.« Zoe zeigt Ann-Kristin so schwungvoll den Ausgang, dass es für einen Wimpernschlag so aussieht, als wolle sie ihr eine Ohrfeige verpassen.

Ann-Kristin zuckt leicht zusammen, fängt sich aber sogleich wieder. »Wenn einer hier rausfliegt«, sagt sie in süßlichem Tonfall, »dann du Dreikäsehoch. Dieses Haus gehört im Grunde mir. Ben ist mein Verlobter.«

Ich höre die Zeit in zwei Teile reißen. In ein Vorher und ein Nachher.

Ansonsten herrscht Stille.

Außen wie innen.

Dann keucht Zoe auf. Sie klingt, als hätte man sie mit

einem Eimer Eiswasser übergossen. Unglauben spiegelt sich auf ihrem jungen Gesicht.

Ich selbst bin wie eingefroren. Unfähig, zu begreifen, was ich gerade gehört habe. Geschweige denn, es zu fühlen. Mein ganzer Körper ist taub, selbst das Atmen fällt mir schwer.

»Ist jetzt für alle klar, wer hier das Sagen hat?«, legt Ann-Kristin triumphierend nach und spielt dabei demonstrativ mit einem Diamantring, ein Symbol von Bens Liebe, sein Funkeln brennt in meinen Augen.

Zoe packt ihre Sachen zusammen. »Ich bin raus.«

»Wunderbar. Au revoir«, flötet Ann-Kristin.

Das ist der Moment, in dem ich aus meiner Schockstarre erwache. So darf sie mit Zoe nicht umspringen! Ganz egal, ob sie einen machtvollen Ring trägt.

»Hör mal, du kannst hier nicht einfach reinschneien, dich wie die Chefin aufspielen und willkürlich Leute feuern. Ben hat Zoe eingeladen, sie ist sein Gast. Und zwar so lange, wie sie möchte.«

»Danke, ich verzichte«, fällt Zoe mir ins Wort, sie ist schon halb zur Tür raus.

»Siehst du, sie geht freiwillig«, flötet Ann-Kristin. »Etwas, das du auch tun solltest.«

Keine Sorge, ich bin sowieso in Begriff, mich in Luft aufzulösen.

Ben und Ann-Kristin. Ein Paar. Für immer und ewig. Das große Glück.

Warum hat er mich nur belogen?

Gegenfrage: Warum war ich nicht ehrlich?

Ich komme nicht dazu, mir selbst eine Antwort darauf zu geben. Ben steht plötzlich im Raum. Er starrt Ann-Kristin an, als sei sie ein Gespenst.

»Du? Hier?«

»Begrüßt man so seine Liebste?«, tadelt Ann-Kristin ihn scherzhaft, stöckelt auf ihn zu und umarmt ihn filmreif.

Und ich stehe am Rand des Schauspiels, eine handlungsunfähige Zuschauerin, die den Plot nicht umschreiben kann. Nein, ich kann die Tragödie nicht mehr aufhalten, ich habe zu lange gezögert, jetzt ist es zu spät.

»Von wem hast du erfahren, wo ich bin?«, fragt Ben und markiert damit den Anfang vom Ende. »Hat Yvet ihre Finger im Spiel?« Er muss sich sichtlich beherrschen, ich sehe, dass er kurz vor dem Überkochen ist.

»Wer soll das sein? Muss ich mir Gedanken machen?« Ann-Kristin tut so, als würde sie schmollen und gibt ihm einen Kuss.

Er schiebt sie von sich weg und verschränkt die Arme vor der Brust. »Ich warte auf eine Antwort.«

Das ist mein Stichwort. Ich mache einen kleinen Schritt nach vorn, öffne meinen Mund, aber kein Ton kommt heraus.

»Du weißt es wirklich nicht?« Ann-Kristin lacht schrill auf. Sie scheint die Show zu genießen. »Na, von unserer neuen Strategieexpertin, Luisa West.« Mit ihrem signalrot lackierten Finger zeigt sie auf mich.

Es fühlt sich an wie ein Todesstoß. Meine Knie wollen nachgeben, ich halte mich an der Tischkante fest, damit ich nicht zusammenbreche.

»Luisa?!«, entfährt es Ben. Sein ungläubiger Blick gibt mir den Rest.

Ann-Kristin wettert derweil gegen mich, dass ich unfähig sei und er mich feuern müsse. Ich nehme sie kaum wahr.

Auch Ben scheint ihr nicht zuzuhören, er sieht mich unverwandt an.

Nun sag schon was, Luisa, rechtfertige dich!

Ich kann nicht.

Mittlerweile ist mein Hals so eng, dass ich Angst habe, zu ersticken.

Es tut mir leid, sagt mein Blick, dann senke ich ihn und gehe.

Kapitel 18

12. Dezember, Abreisetag

Meine Sachen sind schnell gepackt, ich hinterlasse Pixie ein paar hastig hingeworfene Zeilen, für einen Abschiedsbrief zittert meine Hand zu sehr.

Natürlich wäre es fair, ihr persönlich zu sagen, wer ich bin. Aber ich kann nicht auf sie warten, sie ist immer noch nicht zurück von ihrer Suche nach mir.

Oh, Pixie, es zerreißt mir das Herz.

Nur mit Mühe halte ich mich aufrecht, setze mechanisch einen Fuß vor den anderen, die Treppe hinunter, im Flur halte ich kurz inne. Aus dem Wohnzimmer dringen aufgebrachte Stimmen, ich will nicht hören, was sie sagen.

Still ziehe ich meine Stiefel an und wickle meinen Schal schützend um Hals und Schultern.

Fussel grollt im Schlaf, er träumt wohl von unserem gemeinsamen Abenteuer. Ich hocke mich zu ihm und drücke einen sanften Kuss auf sein struppiges Fell. »Mach's gut, mein Schöner«, flüstere ich erstickt.

Dann mache ich mich auf. Über den hartgefrorenen

Feldweg, immer geradeaus. Wie eine Untote auf der Suche nach Seelenfrieden schleppe ich mich weiter und immer weiter.

Ein Wagen kommt mir entgegen, ich nehme ihn kaum wahr. Erst als er vor mir abbremst, erkenne ich ihn. Es ist Matteos Kleinstwagen, vier Räder, zwei Sitze, auf einem steht ein Sack Hundefutter. Matteo kurbelt die Scheibe herunter.

»Wo willst du hin?«

»Zum Bahnhof.«

»Warum?«

Ich schüttle den Kopf, ich kann jetzt nicht darüber reden, ich muss einfach nur weg, nach Hause, mich einigeln.

»Ich fahre dich.«

»Nicht nötig, danke.«

Matteo gibt Gas und braust davon.

Ich sehe ihm nach. Tränen rinnen lautlos meine Wangen hinunter. Noch nie habe ich mich so einsam und verloren gefühlt.

Ich will zurück zu Pixie, Zoe, Matteo, Fussel und sogar Yvet.

Zurück zu Ben.

Aber diese Tür ist zu. Für immer.

Der Verlust schmerzt unerträglich.

Wie soll ich ohne ihn weiterleben? Ohne sie alle.

Das geht vorüber, Luisa, spreche ich mir Trost zu. *Du warst sonst auch für dich allein. Und es war okay.*

War es das wirklich?

Zumindest war ich nie so abgrundtief unglücklich, wie ich es jetzt bin. Ich wünschte, ich könnte die letzten Tage vergessen und einfach in mein altes Leben zurückkehren.

Schritt für Schritt gehe ich voran und lasse alles hinter mir.

»Jetzt warte doch!« Matteo ist wieder da. Er hält neben mir und öffnet die Beifahrertür. »Ich musste nur kurz das Hundefutter abladen, damit du Platz hast.«

Ich schüttle den Kopf. Auch wenn es mir schwerfällt. »Es ist besser, wenn du mich allein lässt.« Sonst bricht mein Herz noch vollends auseinander.

»Aber warum?«

»Glaub mir, du wirst mich hassen, wenn du es erfährst.«

Schon wieder ist mein Hals dicht. Ich werde Matteo vermissen.

»Luisa, sei nicht albern. Ich mag dich, sehr sogar. Vollkommen egal, was passiert ist.« Er klopft auf den Beifahrersitz. »Vielleicht willst du es mir auf der Fahrt erzählen.«

Seine bedingungslose Zuneigung tut gut. *Wir sind Freunde*, sagt sein Lächeln mir, *was auch immer kommt*. Ich glaube ihm.

»Wer ist eigentlich diese Schreckschraube, die mit ihrem Ego den Hof blockiert und durchs Haus keift, dass die Holzwürmer aus den Balken fallen?«, fragt er, während ich mich anschnalle.

Trotz meines Weltschmerzes muss ich ein klitzekleines bisschen grinsen. Es vergeht mir jedoch sofort wieder. »Das ist Ann-Kristin von Unna«, erkläre ich. »Bens Verlobte.« Das hört sich immer noch surreal an.

»Echt?«

Ich bestätige es mit einem Nicken.

Matteo stößt ein kurzes, trockenes Lachen aus. »Kein Wunder, dass Ben vor ihr geflohen ist.«

Schon wieder muss ich grinsen; gleichzeitig kullern die Tränen.

»Das hat dich verletzt, tut mir leid.« Matteo klingt einfühlsam und wütend zugleich.

»Nein, nein. Schon okay.«

Eine Weile schweigen wir.

»Du liebst ihn, nicht wahr?«, fragt Matteo irgendwann in die Stille.

Ich antworte darauf nicht. Mit einem Mal werde ich wütend.

Warum hat Ben mir verschwiegen, dass er vergeben ist?

Küsst mich unterm Sternenzelt, träumt mit mir von einer gemeinsamen Zukunft ...

Alles gelogen.

Ich war offenbar nur ein Zeitvertreib. Ein Urlaubsflirt während seiner Auszeit als feiner Unternehmersohn. Junggesellenabschied mal anders.

Wie konnte ich nur so blind sein?

Selbst schuld. Warum habe ich mich überhaupt auf diese lächerliche Detektivnummer eingelassen?

Meine Hand ballt sich zur Faust. Ich bin stinksauer. Auf mich. Vor allem aber auf Ben.

»Ben ist ein unreifer Junge mit einem gut gefüllten Bankkonto. Einer, der nie Verantwortung für andere tragen musste. Vor Problemen wegzulaufen, statt sich ihnen zu stellen, muss man sich leisten können«, haue ich meinen Frust raus. »Nur weil er nicht das Rückgrat hat, mit seinem Vater zu reden, bin ich zwischen die Fronten geraten und stehe nun vor einem Scherbenhaufen. Ich habe auch Fehler gemacht. Ja. Aber nicht absichtlich.«

»Das kann ich mir bei dir auch nicht vorstellen.«

»Schlimm ist es trotzdem«, wispere ich und beginne erst zögernd, dann immer schneller, mir alles von der Seele zu reden.

Nachdem ich geendet habe, fühle ich mich nicht besser. Weder leichter noch freier. Bedrückt schaue ich auf meine Hände, die verknotet sind wie mein Magen.

»Jetzt weißt du es: Ich bin ich eine Lügnerin, eine von der hässlichen Sorte. Die Freunde täuscht, in vollem Bewusstsein.«

Ich schnaube unfein in mein Taschentuch und tue mir selbst leid.

Matteos Blick verliert sich in der Ferne, während er über all das nachzudenken scheint. Dann sagt er: »Ich verstehe Ben. Manchmal braucht man etwas Abstand. Um klarer sehen zu können, um neue Wege zu entdecken und Begegnungen zu machen, die einen verändern.« Er macht eine Pause, beachtet den Verkehr, setzt den Blinker und biegt ab.

Ich sage nichts dazu, ich bin gerade nicht bereit, nachsichtig mit Bens Verhalten zu sein.

»Ich will Ben nicht in Schutz nehmen«, fährt Matteo fort, als hätte er meine Gedanken erraten. »Und schon gar nicht zwischen euch vermitteln. So habe ich vielleicht noch eine Chance bei dir.« Er zwinkert mir zu, eine kleine Aufmunterung – und gleichzeitig eine Einladung, die ernst gemeint ist, mich aber nicht bedrängt. Er ist so charmant, warum nur musste ich mich in Ben verlieben?

Mittlerweile sind wir am Bahnhof angekommen.

»Es tut mir leid, dass ich nicht ehrlich war.« Eine einsame Träne rinnt aus meinem Augenwinkel.

Matteo fängt sie mit seinen Fingerspitzen auf und streicht mir sanft über die Wange. »Wir alle kommen mal in

Situationen, in denen wir nicht wissen, was richtig und was falsch ist. Du bist ein toller Mensch, Luisa. Fussel hat es von der ersten Sekunde an gewusst. Ihn kannst du nicht täuschen. Versuche also gar nicht erst, mir etwas anderes einzureden.«

»Ach Matteo!« Ich falle ihm um den Hals.

»Bitte bleib«, flüstert er mir ins Haar.

»Das geht nicht.« Selbst wenn Pixie mir ebenfalls verzeihen würde, ich kann Ben nicht vergeben, und er mir sicher auch nicht. Ich löse mich aus Matteos Armen und öffne die Tür. Ein eisiger Nordwind bläst mir entgegen und rüttelt an meinem Entschluss, Matteo und seine tröstliche Wärme zu verlassen. Doch ich weiß, es gibt kein Zurück. Entschlossen ziehe meinen Koffer aus dem Fußraum.

»Bis irgendwann mal ...« Ich ringe mir ein letztes Lächeln ab.

»Falls du mit Fussel und mir Gassi gehen willst, ruf mich an. Jederzeit.« Er lehnt sich aus dem Wagen, greift meine Hand und schreibt seine Nummer darauf. »Bitte bald.«

Ich verspreche es. Dann laufe ich, ohne mich noch einmal umzusehen, zum Bahnsteig.

»Hallo, liebes Fräulein!«, begrüßt mich dort die einzige weitere Menschenseele, die an diesem freudlosen Tag ebenfalls auf einen Zug wartet. Es ist mein Lieblingsbäcker, Bernard. Er trägt eine Pappschachtel mit Schleife und strahlt mich so herzlich an, dass für einen Augenblick die Sonne aufzugehen scheint. Leider bin ich nicht in Plauderlaune.

»Guten Tag«, grüße ich etwas steif zurück, schenke ihm ein schmales Lächeln und vergrabe mich tiefer meinem Wollschal.

Doch mein liebenswürdiger Weihnachtsbäcker lässt sich nicht so schnell abwimmeln. Er tritt näher und deutet mit dem Kinn auf meinen Koffer. »Verreisen Sie?«

»Ich muss.« Es soll nach Verpflichtungen klingen, sachlich und ein wenig bedauernd. Das Krächzen, das tatsächlich aus mir herauskommt, täuscht den alten Herren keinen Augenblick. Mitfühlend blickt er mich an.

»Oje, ich verstehe. Ein gebrochenes Herz. An Weihnachten. Das ist schlimm. Wirklich schlimm«, sagt er und tätschelt meine Schulter. Ich breche unter der freundlichen Geste fast zusammen.

Der Zug fährt ein, der Fahrwind reißt an meinen Haaren, Endstation Hoffnungslosigkeit.

Wir steigen ein. Bernard begleitet mich für zwei Stationen. Er besucht seine Frau im Krankenhaus. »Wir werden Tee trinken, Kreuzworträtsel lösen und Plätzchen essen. Ich vermisse sie sehr. Zum Glück wird sie am Wochenende entlassen.«

»Ich freue mich für Sie und Ihre Frau. Es ist wunderbar, dass sie sich nach all den Jahren noch so sehr lieben.« Wer weiß, vielleicht kann auch ich irgendwann wieder an die Liebe glauben.

»Lassen Sie sich nicht entmutigen. Die Zeit bringt Rat.« Bernard drückt mir die Schachtel in die Hand. »Sie müssen nur darauf vertrauen. Und bis dahin – essen Sie etwas Gebäck, das hilft.«

Ich will protestieren, doch er wehrt jeden Einwand mit einer entschiedenen Handbewegung ab. »Sie brauchen es dringender als meine Frau. Die hat ja mich Scherzkeks.« Er wackelt scherzhaft mit den Augenbrauen. Es ist so reizend, wie er versucht, mich aufzuheitern.

»Danke!«, sage ich aus ganzem Herzen. »Es war mir eine Freude, Sie kennenzulernen.«

»Das klingt ja so endgültig. Wir sehen uns doch wieder,

hoffe ich.« Er setzt seine Mütze auf und erhebt sich. Der Zug hält, wir wünschen uns gegenseitig frohe Festtage, dann steigt er aus.

Ich sehe ihm nach, wie er o-beinig durch den einsetzenden Regen läuft. Alles Gute, Bernard. Ich kehre nicht zurück.

Kapitel 19

24. Dezember, Weihnachten fällt aus

Mein erstes Weihnachten im Dunkeln. Alle Lichterketten sind abgebaut, Kerzen, Kränze, Engel und Schneemänner verschenkt. Meine Wohnung sieht kalt und leer aus. So, wie ich mich fühle.

Seit Tagen bin ich kaum rausgegangen; ich ertrage das Glänzen und Glitzern der Winterwunderwelt nicht. Die allgegenwärtige Seligkeit erdrückt mich, ich kann ihr nirgends entgehen. Jetzt kann ich nur allzu gut nachvollziehen, wie Fussel sich fühlen muss. Mein lieber Hundefreund, ich vermisse ihn ganz schrecklich. An die anderen verbiete ich mir zu denken, sonst wird meine Wehmut unerträglich. Ich werde sie sowieso nie wiedersehen.

Außer natürlich meinen Bruder. Der kam kurz nach meiner Rückkehr vorbei und hat sich die ganze Geschichte haarklein erzählen lassen.

»Du bist einfach abgehauen? Das ist nicht besonders lösungsorientiert«, kommentierte er, was ich wenig hilfreich fand. Noch blöder war jedoch sein Ratschlag, Ben und ich sollten uns aussprechen. »Wenn er diese Ann-Kristin lieben würde, hätte er sich nicht vor ihr versteckt. Ich wette, du hast eine mehr als fünfzigprozentige Chance auf ein Happy End mit ihm.«

Nein, Tom, in diesem Fall funktioniert keine simple Wahrscheinlichkeitsrechnung!

Wir haben uns gegenseitig belogen. Wie sollten wir uns je vertrauen?

»Es ist aus«, sagte ich zu Tom. »Viel war sowieso nicht zwischen uns. Wir kennen uns kaum. Und was wir von dem anderen zu wissen glaubten, war nicht wahr.«

Ich weiß, dass das nicht stimmt. Sonst würde mein Herz nicht so wehtun. Als wäre etwas daraus herausgerissen worden. Etwas Echtes.

Und eben darum ist es das einzig Richtige, damit abzuschließen. Damit ich heilen kann.

Tom sah das anders, hatte aber keine Zeit für eine längere Diskussion. Zum Glück. Ich bin froh, wenn ich nicht darüber sprechen muss. Das wühlt alles nur wieder und wieder auf. Lieber verstaue ich meine Vergangenheit in Kisten und verschenke sie. Ich brauche einen kompletten Neustart.

Gerade baue ich meinen naturgetreuen Tannenbaum ab. Das Seniorenheim freut sich über die Spende. Die Plätzchen von Bernard lege ich obendrauf. Ich konnte sie nicht anrühren.

Bis auf schwarzen Kaffee bekomme ich sowieso kaum etwas runter, ich bin nur noch ein Schatten meiner selbst.

Man muss wohl erst vollends verblassen, bevor man sich mit neuer Farbe füllen kann. Ein schmerzlicher Prozess.

Besonders erschreckend finde ich, wie leicht es ist, mein altes Leben aufzukündigen. Kein Verein, aus dem ich austreten muss, niemand, der meine Anrufe vermisst, ich muss nicht einmal einen Abschiedskuchen für die Kolleginnen und

Kollegen backen. Einfach ein formloses Schreiben an *Nikolaus & Sohn*, das war's.

Was als Nächstes kommt, liegt im Ungewissen.

Das Adressbuch meines neuen Handys ist leer, eingehende Mails beantwortet ein automatischer Abwesenheitsagent. Sogar Maulwürfe haben mit Sicherheit ein lebendigeres Sozialleben als ich.

Aber ich mag auch gerade niemanden sehen, sogar Tom blocke ich ab. Meine Eltern sind bereits unterwegs und schicken mir Fotos von Antipasti, Zypressen und ihrem Pool. Ich freue mich, dass sie ihre Reise genießen.

Ich bräuchte auch Urlaub – von mir selbst! Meine Tristesse lähmt mich, ich will das nicht mehr. Aber ich kann sie auch nicht einfach so abschütteln.

Zumindest muss ich nicht sofort wieder arbeiten, mein Konto lässt eine kleine Verschnaufpause zu. Vor allem, da ich aufs Weihnachtsshopping verzichte und keine Lichterketten meine Stromrechnung belasten.

Man muss sich auf das Positive fokussieren, sagt mein Horoskop. Die Sterne scheinen zu wissen, dass ich auf einem Trümmerfeld stehe. Eine Antwort darauf, wohin ich gehen soll, haben sie leider nicht.

Zurück in meinen alten Job in der Wirtschaft will ich jedenfalls nicht. Ich möchte nicht mehr Teil des globalen Renditerennens sein.

Doch was dann?

Biobäuerin?

Warum nicht? Schließlich habe ich Erfahrung im Holzhacken und Hühnerstallausmisten.

Wie so oft in den vergangenen Tagen, wandern meine Gedanken ungewollt zurück in die kleine Tischlerei, wo mein Traum von einer Weihnachtswichtelwerkstatt begraben liegt.

Es war sowieso eine Schnapsidee!, bringe ich mich selbst wieder zurück auf den Boden der Tatsachen. Im Grunde sollte ich froh darüber sein, dass nicht mehr daraus geworden ist. Schließlich weiß ich nur allzu gut, wie schwer es ist, ein eigenes Geschäft aufzubauen. Und wie vernichtend es sich anfühlt, wenn es bankrottgeht. Erinnerungen aus meiner Jugend schwemmen hoch, ich sehe die Traurigkeit in den Augen meiner Eltern, als sie die Tür ihrer Konditorei für immer schließen, höre, wie mit dem Klacken des Schlosses ihr Lebenswerk zerbricht.

Beinahe hätte ich den gleichen Fehler gemacht. Zwar mit Eichhörnchen statt Nikomäusen. Aber wo liegt da der Unterschied?

Eine kleine Tischlerei im Nirgendwo hat nicht den Hauch einer Chance gegen die Giganten der Branche. Da helfen auch keine handgeschnitzten Glücksbringer. Als Wirtschaftsexpertin hätte ich mich selbst ausgelacht.

Nun, ich war liebestrunken und habe geglaubt, dass Träume wahr werden können. Das kommt vor.

Jetzt bin ich allerdings wieder nüchtern und habe mir geschworen, dass mir solch eine Fehleinschätzung nicht noch einmal passieren wird.

Ich bin gut darin, Risiken einzuschätzen, nicht darin, sie einzugehen. Vielleicht liegt meine Zukunft in der Versicherungsbranche.

»Keine schlechte Idee, Zahlen sind immerhin meine Freunde«, denke ich halblaut, während ich mir den nächsten Kaffee koche. Der Vollautomat brummt zustimmend, selbst mein Smartphone summt, wir sind uns also einig.

Okay, Luisa, du solltest dich bald irgendwo bewerben, sonst redest du demnächst mit deinen Küchengeräten.

Wenn ich nur die Energie dazu hätte! Außerdem mag ich nicht rausgehen, draußen wartet an jeder Ecke der Weihnachtswahnsinn. Und was, wenn ich Ben über den Weg laufe? Die Vorstellung versetzt mich in Panik. So heftig, dass ich sogar meine Einkäufe liefern lasse. Freakig, ich weiß.

Mit einem Seufzer lasse ich mich aufs Sofa fallen und checke mein Handy. Es ist eine SMS eingegangen, sie ist von Tom:

> Schlechte News, Schwesterherz. Fussel ist tot. Er starb an einer Blutkrankheit. Beerdigung ist morgen, 12:00 Uhr, im Wald hinter der Tischlerei. Du kommst doch? Liebe Grüße von Matteo. T.

Nein!

Das kann nicht sein.

Einen Wimpernschlag lang leugne ich die Existenz dieser Nachricht. Dann kann ich mich vor der schrecklichen Wahrheit nicht länger wegducken, und sie rammt sich wie eine harte Faust in meine Magenkuhle. Ich keuche auf. Der letzte Funken Hoffnung darauf, dass auf Regen irgendwann Sonnenschein folgt, verlischt.

Fussel. Tot.

Wieso?

Mit zitternden Fingern wähle ich Matteos Nummer, die ich von meinem Handrücken gerettet, aber bisher noch nicht benutzt habe.

Er geht nicht ran. Auch Tom ist nicht erreichbar. Wieder und wieder versuche ich es. Vergebens.

Sind sie beide schon unterwegs? Verloren in einem der

Funklöcher, in denen ich mich vor der Welt versteckt hielt und Luftschlösser baute, die längst entschwunden sind?

Kann ich dorthin zurück?

Um meine liebste Fellnase zu begraben?

Ich weiß nicht, ob ich die Kraft dazu habe. Schluchzend rolle ich mich ein und sehe der Dämmerung zu, wie sie in mein Zimmer kriecht. Finstere Schatten greifen nach mir, ziehen mich fort in die Unterwelt, wo meine Dämonen auf mich warten.

Kapitel 20

25. Dezember, ein Trauertag

Wie ein Zombi steige ich früh am nächsten Morgen in den Zug. Es ist noch dunkel, und es wird auch nicht mehr hell werden. In mir herrscht ewige Nacht.

Von der Fahrt bekomme ich kaum etwas mit. Tom und Yvet holen mich vom Bahnhof ab. Die beiden sind mittlerweile ein Paar. Ich möchte mich für sie freuen, schaffe aber nicht mal ein Lächeln.

Die Tüte mit den Hundekeksen, die ich gegen Mitternacht gebacken habe, knistert in meinen verkrampfen Fingern. Yvet legt tröstend einen Arm um mich.

»Schön, dass du gekommen bist«, sagt sie, als hätte nie etwas zwischen uns gestanden.

Oder vielmehr irgendwer.

Ben.

Der Bahnhofsvorplatz erinnert mich an unsere erste Begegnung. Alles, was ich erfolglos versucht habe, zu verdrängen, kommt mit einem Mal hoch.

Die Scham wegen meiner Lügen, die Wut auf mich selbst

und ihn, die Enttäuschung darüber, dass er seine Liebe einer anderen versprochen hat.

Wie soll ich alldem hier entgehen? An jeder Ecke lauern Erinnerungen.

Und was, wenn er ebenfalls zur Trauerfeier kommt?

Daran hatte ich überhaupt nicht gedacht, als ich in den frühen Morgenstunden meinen schwarzen Mantel übergezogen und das Ticket gebucht habe.

»Steigt ein, ihr Hübschen. Pixie und Zoe warten schon!«, sagt mein Bruder und bringt damit meinen Kreislauf endgültig zum Kollabieren.

Wie soll ich den beiden gegenübertreten? Ich bin nicht darauf vorbereitet!

»Ich weiß nicht, ob ich das schaffe.«

»Natürlich schaffst du das! Du bist stark.« Yvet hält mich fest. »Und wir sind bei dir.«

Einen Moment lang lasse ich ihre Worte über mir schweben und sauge sie dann mit einem tiefen Atemzug ein.

Du bist stark. Und wir sind bei dir.

Mit einem Mal bin ich vollkommen ruhig. Vorbei das Versteckspiel. Ich werde mich dem Leben stellen. Was auch kommen mag.

Mein Neuanfang wird nicht frei Haus geliefert. Ich muss ihn selbst gestalten, und ich beginne damit hier und jetzt, an einem verregneten Dezembermorgen, auf dem Weg zu einer Beerdigung. Manches werde ich loslassen müssen, anderes nicht loswerden können. Träumen und aufwachen, gewinnen und verlieren. Das gehört alles dazu.

Ich umarme Yvet. Dann steige ich ein.

Tom gibt Gas und bald rumpeln wir durch die vertrauten Schlaglöcher und halten vor der Tischlerei.

›Zu verkaufen‹ steht auf einem Schild, das wohl niemand außer ein paar Hasen lesen wird.

Ben ist also von hier weggegangen. Zurück in sein altes Leben.

Was hatte ich anderes erwartet? Dass er an seinen vermeintlichen Idealen festhält und das erfolgreiche Familienunternehmen gegen eine baufällige Tischlerei tauscht? Lächerlich.

Trotzdem tut der Anblick weh. Die Krähen auf dem Dach krächzen ein Trauerlied, die Fenster sind schwarz und starren mich wie tote Augen an.

»Luisa!« Pixies Rufen reißt mich aus der aufkeimenden Melancholie. Ihr Lächeln fegt all meine Sorgen, dass sie mich verabscheuen würde, davon.

»Pixie!« Ich renne zu ihr, mein Herz läuft über. Vor Erleichterung, Freude und Trauer. »Bitte verzeih mir«, sage ich schluchzend und falle ihr in die Arme.

»Schon gut. Ich bin nicht sauer auf dich, ich konnte es dir nur nicht sagen, weil ich nicht wusste, wie ich dich erreichen soll. Irgendwie waren alle plötzlich weg. Und in Bad Bramstedt brauchte ich nicht zu suchen, oder?« Sie lacht, ich lache, es ist alles gut.

»Ich wohne in Bamberg. Komm mich bitte bald besuchen.«

»Bamberg also, nice. Ist dort nicht auch der Firmensitz vom Nikolaus? Wir könnten Ben und seiner Verlobten einen Überraschungsbesuch abstatten und ihnen Sauerkraut vor die Haustür legen«, schlägt sie mit einem frechen Zwinkern vor. Sie weiß also wirklich über alles Bescheid. Und steht hinter mir. Das ist unbezahlbar!

»Sauerkraut? Wie kommst du denn darauf?«

Meine Freundin zuckt mit den Schultern. »Das nimmt

man bei Verstopfung. Vielleicht hilft es auch gegen Hirnblockaden.«

»Dann sollte ich mir wohl auch eine Portion davon auftun«, sage ich grinsend und werde dann ernst. »Lass mal, ich glaube, Ben ist mit Ann-Kristin und seinem Vater genug bestraft.« Meine plötzliche Abgeklärtheit überrascht mich. Es war gut, hierher zurückzukommen, mich meinen Fehlern zu stellen und damit aufzuräumen.

»Spielverderberin!«, meint Zoe, die nun auch dazukommt und mir zur Begrüßung leicht gegen die Schulter boxt. Ich entdecke unter der Kapuze eine giftgrüne Strähne. Was wohl ihre Mutter dazu sagt? Ich frage sie.

»Sie war mit mir beim Friseur«, lautet die Antwort. »Wenn schon Punk, dann mit Qualität und Stil«, zitiert sie ihre Mutter. Meine junge Freundin berichtet, dass sie nach ihrer Rückkehr allen Familienmitgliedern einen Brief geschrieben habe. Darin habe sie jeder und jedem offen gesagt, was sie denkt.

Die Oma brauchte darauf erst mal einen Schnaps, und dann noch vier weitere, Zoes Mutter machte einen Termin bei ihrem Therapeuten, ihr Vater, der seit Jahren keinen Sport mehr getrieben hatte, joggte zwanzig Kilometer am Stück, ohne sich vorher aufzuwärmen. Seine Füße tun ihm noch immer weh.

Letztlich haben sie aber alle miteinander geredet. Und wichtiger noch: Sie haben Zoe zugehört.

»Endlich kapieren sie, dass ich eine eigene Meinung habe.« Zoe lächelt stolz. Das kann sie auch sein.

Ich gratuliere ihr zu ihrem Mut. Ich weiß nur allzu gut, wie schwer es ist, mit einer unbequemen Wahrheit herauszurücken.

In Gedanken kehre ich zu dem Tag zurück, an dem ich Ben alles erzählen wollte. Wie wäre unsere Geschichte wohl verlaufen, wenn ich mit ihm geredet hätte, bevor Ann-Kristin es tat?

Wahrscheinlich nicht viel besser. Er hätte meine Sichtweise und Beweggründe erfahren und sie im besten Fall sogar verstanden. Aber das hätte nichts an der Tatsache geändert, dass er verlobt ist.

Zu der Weihnachtswerkstatt wäre es jedenfalls nicht gekommen. Ich hätte Ben nicht als bloßen Geschäftspartner gewollt. Undenkbar tagsüber mit ihm zusammenzuarbeiten, während er den Abend mit Ann-Kristin verbringt.

Ein letztes Mal streift mein Blick das alte Gemäuer, ich habe es trotz allem liebgewonnen.

»Gehen wir«, sagt Tom und gemeinsam laufen wir hoch in den Wald, wo Matteo auf uns wartet.

Er lehnt an einer mächtigen Eiche. Neben ihm liegt, in eine farbenfrohe Wolldecke gehüllt, Fussel. Eine Pfote schaut unter dem weichen Stoff heraus, der Anblick bricht mir das Herz.

»Ihr seid da!«, stellt Matteo schlicht fest. Ich sehe den Schmerz in seinen Zügen, es ist kaum auszuhalten.

»Natürlich«, erwidere ich, meine Stimme bricht. Wir umarmen uns fest.

»Danke.« Sein Lächeln ist matt, seine Augen haben jeden Glanz verloren. Ich kenne diesen Ausdruck gut, ich habe ihn in den letzten Tagen oft genug im Spiegel gesehen.

»Fussel war glücklich hier, weißt du?«, sagt er leise.

Ich nicke. Ja, das waren wir alle.

Reihum sprechen wir unser Beileid aus. Dann legen wir den Leichnam in die Grube, die Matteo vorbereitet hat. Die

Endgültigkeit, mit der ich Abschied nehmen muss, raubt mir den Atem. Wie gern hätte ich meinem lieben Fussel noch einmal über das struppige Fell gestreichelt und ihm gesagt, wie gern ich ihn habe. Wir wollten doch zusammen Gassi gehen! Jetzt ist es zu spät.

»Du hast für immer einen Platz in meinem Herzen«, flüstere ich und lege die Kekse zum ihm ins Grab.

Pixie hat ein Stofftier gehäkelt, eine schwarze Katze. »Damit du dich im Hundehimmel nicht langweilst«, sagt sie und wischt sich eine Träne aus dem Augenwinkel.

Zoe holt eine Blockflöte hervor und spielt ein altes Hirtenlied. Es hallt weit über die Baumkronen hinaus und bis zu den Wolken. Fast höre ich Fussel dazu heulen.

Ich heule mit. Mein Taschentuch ist durchnässt, meine Kehle rau vom Schluchzen, aber ich kann nicht aufhören.

Matteo steht nur da. Reglos. Als wäre jedes Leben aus ihm gewichen. Wie hart muss es sein, zwei geliebte Wesen kurz hintereinander zu verlieren.

»Jetzt hat deine Schwester ihren Gefährten zurück«, sage ich in dem Versuch, ihm Trost zu spenden, auch wenn ich weiß, dass er nicht an das Elysium glaubt.

»Eine schöne Vorstellung.« Er blickt in den Himmel.

Wir sagen ein letztes Mal »Tschüss«, dann schaufelt Tom die Grabstätte zu. Yvet schenkt uns allen Tee ein. Dazu gibt es Karottenmuffins. Wir stoßen auf Fussel an und versprechen, uns bald wiederzusehen.

»Habt ihr morgen schon was vor?«, fragt Pixie, als wir wenig später zurück zu den Autos gehen. Bis auf Zoe, die mit ihren Eltern traditionell feiern will, und zwar freiwillig, schütteln alle die Köpfe. Echte Weihnachtsrebellen eben, denke ich und lade sie spontan zu mir ein.

»Es gibt Tiefkühlpizza!«

»Mega. Und dazu ›Terminator‹ 1 bis 6.« Pixie pustet Rauch von einer Fingerpistole.

Ich verziehe das Gesicht. Zwar habe ich mein Weihnachtswohlfühlabo aufgegeben, aber auf Ballerfilme stehe ich dennoch nicht. Yvet schlägt stattdessen etwas Intellektuelles vor, darüber verdreht Pixie wiederum die Augen. Tom meint, mit genügend Bier kriege er alles runter, und ich entscheide, dass es völlig egal ist, was auf dem Flachbildschirm flimmert, solange wir nur zusammen sind.

Bevor uns der Wind in alle Himmelsrichtungen zerstreut, speichere ich die Nummern meiner Freunde, fülle mein Adressbuch mit Menschen, die ich ehrlich gernhabe.

Tom drängt zum Abschied, er will mit Yvet noch auf ein Heavy-Metal-Konzert. Pixie und Zoe erklären spontan, dass sie mitkommen wollen, also fahren die vier davon und nur Matteo und ich bleiben zurück.

»Gehen wir ein Stück?«, fragt er mich und hält mir den Arm hin.

Ich hake mich unter. Auch ich möchte noch nicht weg. Irgendwie fühle ich mich diesem Stückchen Erde verbunden. Hier bin ich an meine Grenzen gestoßen, habe im Kleinen das Große entdeckt und mich darüber selbst besser kennengelernt.

Wir spazieren den gleichen Weg entlang wie vor wenigen Wochen. Es kommt mir vor, als sei eine Ewigkeit seitdem vergangen. Der Wald hat sich nicht verändert, wir hingegen schon. Es ist viel geschehen, nun ist es an uns, etwas Gutes daraus zu schöpfen.

Matteo eröffnet das Gespräch: »Und, was machst du so?« Er lässt mir mit seiner offenen Art genügend Spielraum, ich kann bestimmen, welche Richtung wir nehmen.

Aber ich weiche nicht auf Allgemeinplätze aus. »Ich war damit beschäftigt, Schlussstriche zu ziehen, mich einzuigeln und schwarzen Kaffee zu trinken.«

»Klingt nach einer bitteren Mischung. Hat es dir irgendwas gebracht außer einem Magengeschwür?«

Wir grinsen einvernehmlich, kein Lächeln, das mit Heiterkeit zu tun hat. Es ist eher ein Erinnern an eine Leichtigkeit, die verloren ging.

»Zumindest weiß ich jetzt, dass ich nach etwas Wahrem suche. Echte Liebe, feste Freundschaften, eine Arbeit, die mich erfüllt.«

»Die Formel zum Glücklichsein«, erinnert Matteo mich an unseren ersten Spaziergang zu zweit.

Ich nicke.

»Große Ziele«, sagt Matteo und nickt ebenfalls. »Aber die richtigen.«

»Ja.« Es tut unglaublich gut, mit Matteo zu reden. Mit niemandem sonst kann ich so gut über meine Lebenskrisen sprechen. »Ich weiß, das wird nicht leicht. Aber ich bin zuversichtlich und neugierig, wohin mein Weg mich führen wird.«

»Egal wohin?«

»Solange es sich gut anfühlt.«

Wieder dieses kleine, gemeinsame Lächeln, das ein paar Schritte lang anhält.

Dann bleibt Matteo stehen, nimmt meine Hände in seine und sieht mich eindringlich an. »Komm mit mir, Luisa. Ich gehe in die Mongolei, ans Goetheinstitut. Als Lehrer.«

»Was sagst du da?« Der Waldboden wankt unter meinen Füßen. Matteo ist eine wichtige Stütze für mich geworden, das ist mir gerade eben wieder deutlich geworden. Er kann nicht einfach aus meinem Leben verschwinden. »Warum ausgerechnet die Mongolei?«

»Ich habe lange nach einem Job an einem Ort gesucht, an dem kein Weihnachten gefeiert wird. Für Fussel. Er sollte sich nicht mehr verstecken müssen.«

Vor Rührung und Trauer darum, dass Fussel dieses große Abenteuer nun nicht mehr miterleben kann, kommen mir die Tränen. »Das ist großartig von dir. Fussel hätte es bestimmt geliebt.«

Matteo nickt. »Ich habe in Ulaanbaatar ein hübsches Apartment gefunden, direkt an einem Park.«

»Du willst das wirklich durchziehen.«

»Es gibt nichts, was mich hier hält. Aber ich wünschte, du würdest mich begleiten«, sagt er und streichelt meinen Handrücken. »Lass uns gemeinsam neu anfangen.«

Mein Herz flattert. Ist das die oft zitierte Tür, die sich unverhofft öffnet?

Es hört sich verlockend an, alles hinter sich zu lassen. Nicht nur den Job und vielleicht die Stadt zu wechseln, sondern auch in eine vollkommen andere Kultur einzutauchen, unterzutauchen und als neuer Mensch wieder aufzutauchen.

Das ist verrückt, denke ich und frage gleichzeitig: »Wann geht es los?«

»Ich fliege am sechsten Januar, um zehn, von Berlin aus.«

Kapitel 21

26. Dezember, Pizza mit Freunden

»Willst du Urlaub machen?« Mein Bruder blättert in einem der Reiseführer, die ich in den letzten Tagen studiert habe. »In der Mongolei? Spannend!« Er studiert das Klimadiagramm. »Hast du gesehen, wie kalt es um diese Jahreszeit dort ist?«

»Ja«, sage ich und stelle Mohnschnecken auf den Tisch. Ich konnte meiner Backleidenschaft nicht widerstehen. Außerdem hilft mir Teigkneten beim Nachdenken.

Noch immer weiß ich nicht, ob ich meine Koffer packen und mit Matteo ins Ungewisse fliegen soll. Ich mag ihn sehr und mir gefällt die Vorstellung, zusammen die Welt zu entdecken. Aber irgendwas hindert mich daran. Keine Ahnung, was es ist. Und so lange ich nicht weiß, wie ich mich letztlich entscheiden werde, erzähle ich Tom und den anderen nichts von Matteos Einladung. Ich fürchte, dass sie mich davon abhalten könnten. Oder mir Mut zusprechen. Beides möchte ich nicht. Ich will ganz auf mein Bauchgefühl vertrauen. Und zwar ohne die Meinungen der anderen in meinen Ohren.

»Flieg doch mit uns nach Marokko«, schlägt Yvet vor. Sie

und Tom wollen Silvester in der Wüste feiern, Bali war zu teuer.

»Leider ist die Supersonderpreisaktion für die Flugtickets vorbei. Günstiger wäre es, du besuchst unsere Eltern. Bei denen ist auf jeden Fall genug Platz im Apartment, und an der Adria hat es tagsüber bis zu zwanzig Grad«, beeilt Tom sich, zu sagen. Schon klar, er will mit seiner neuen Flamme allein in die Ferien. Ohne große Schwester. Ich kann es ihm nicht verübeln.

»Das ist lieb, Yvet, danke für das Angebot, aber ich habe schon als Kind nicht gern im Sandkasten gespielt«, rede ich mich raus. Tatsächlich bin ich kein Fan großer Hitze und habe panische Angst vor Schlangen und Skorpionen.

Pixie, die nebenbei meine Plattensammlung durchstöbert, lädt mich zu einem Gaming-Marathon ein.

»Jetzt hast du die Qual der Wahl«, fasst Tom zusammen. »Vergorene Stutenmilch, Chianti oder Chips und Cola.«

»Klingt alles verlockend«, scherze ich und hole die Pizzen aus dem Ofen. Tom stellt ein Sixpack Bier auf den Tisch, und Pixie legt die Beatles auf. Wir spielen Skat und Scrabble und für einen Abend lang vergesse ich meine Zukunftssorgen und vertraue darauf, dass sich schon alles fügen wird.

Kurz vor Mitternacht verabschieden sich Tom und Yvet. Sie müssen früh raus, um ihren Flug zu kriegen.

»Ich bringe dir eine Kamelhaardecke mit, die wirst du in deinem Mongoleiurlaub brauchen«, flachst mein Bruder. Ich wünsche ihm im Gegenzug eine tolle Zeit mit seinen Artgenossen und gebe noch einen Witz zum Besten: »Was ist braun und läuft durch die Wüste? – Ein Karamel.«

Yvet lacht sich darüber krumm und kippt dabei halb um, sie hatte ein Bier mehr als wir anderen. Ich helfe ihr in den

Mantel und schiebe die beiden an die frische Luft. »Stellt euch besser zwei Wecker!«

»Du dir auch, bevor es zu spät ist«, ruft Yvet zurück und winkt mir mit erhobenem Zeigefinger zum Abschied. Dabei gerät sie wieder aus dem Gleichgewicht. Tom legt ihr den Arm um die Taille, und gemeinsam entschwinden sie in die Heilige Nacht.

»Sie sind so süß zusammen«, seufze ich und lasse mich zu Pixie aufs Sofa fallen. »Ich freue mich für die beiden, sie sehen glücklich aus.«

»Und was ist mit dir?«, fragt Pixie geradeheraus.

»Mit mir?« Ich habe keine Antwort darauf. Was das neue Jahr bringen wird, ist ungewiss.

»Übrigens, ich habe Ben heute gesehen ...«

Ich kann nicht glauben, dass sie das sagt. Ist ihr denn nicht klar, dass Ben verbrannte Erde für mich ist? Ich will ihn vergessen, da hilft es nicht, wenn sie von ihm anfängt. Gleichzeitig platze ich vor Neugier.

»Ach ja?« Ich gebe mich betont gelangweilt, mein Herz klopft indes verräterisch schnell. Ich bin noch nicht vollends über ihn hinweg, so viel steht fest.

»Er sieht zum Fürchten aus.« Pixie nimmt eine Hand voll Erdnüsse und lässt sie nacheinander in den Mund fallen.

Ich schaue ihr wie hypnotisiert zu und warte darauf, dass sie weiterspricht. Sie lässt sich jedoch Zeit. Kaut. Schluckt. Kaut. Schenkt sich Wasser ein.

Ich halte es nicht mehr aus. »Erzähl schon, was meinst du damit?«

»Voll daneben eben. Protziger Benz, Maßanzug, glattrasiert und gestriegelt. Ein Bonze deluxe. Ich habe ihn kaum wiedererkannt.«

»Verstehe.« Er ist in sein altes Leben zurückgekehrt. Der Ben, in den ich mich verliebt hatte, ist also endgültig Vergangenheit. Das trifft mich mehr, als ich erwartet hätte. Wahrscheinlich hat ein rebellischer Teil in mir immer noch an die Tischlereiromantik geglaubt. Aber das ist vorbei, für ihn wie für mich.

»Hast du eine Ahnung, was mit dem Kerl nicht stimmt?«, fragt Pixie mich zwischen zwei Nüssen. »Er liebt Ann-Kristin nicht, das konnte ich sogar von der anderen Straßenseite aus erkennen.«

Sie war bei ihm? Was haben sie gemacht? Ich will alles erfahren und gleichzeitig nichts davon hören.

»Ist nicht mein Business«, sage ich entschieden. Das einzig Richtige ist jetzt, dass ich nach vorne schaue und neue Pfade betrete. Die mongolischen Gebirgszüge und die weite Steppenlandschaft böten genug Raum dafür.

Mein Magen flattert nervös. Soll ich es tun? Viel Zeit zum Nachdenken bleibt mir nicht mehr. Aber heute Abend werde ich keine Entscheidung fällen. Es ist spät und ich bin müde.

Pixie hat ebenfalls genug. Als ich mit ihr gemeinsam das Sofa ausziehe, um es für die Nacht vorzubereiten, fällt mir ein Zettel in die Hände. Es ist ein Ausdruck. Von einem Immobilienportal.

»Liebhaberobjekt«, steht da. »Charmante Tischlerei mitten in der Natur.«

Das Papier vibriert in meiner Hand. Ich erkenne die marode Fassade auf den Bildern sofort.

»Wer zum Henker hat das mitgebracht?« Ich schreie die Frage mehr, als dass ich sie stelle. Können meine Freunde die Vergangenheit nicht einfach ruhen lassen?

Pixie nimmt mir das Blatt aus der Hand und studiert die Anzeige. »Ich war's nicht.«

»Aber du hast gerade von Ben angefangen, das ist nicht viel besser. Ihr seid alle so unsensibel!« Wütend boxe ich in ein Kissen.

»Werde bitte nicht unfair«, ermahnt Pixie mich. »Wir lieben dich.« Sie will mich in den Arm nehmen, aber ich schüttele sie ab.

»Indem ihr alte Wunden aufkratzt? Na, herzlichen Dank!«

»Nichts von dem, das dich quält, ist alt und schon gar nicht gesund verheilt«, kontert meine Freundin. Ihre Ruhe bringt mich nur noch mehr in Rage.

»Was weißt du schon?«, brülle ich. Noch nie war ich so außer mir. Normalerweise mache ich mir, bevor es so weit kommt, eine heiße Schokolade. Die beruhigt. Heute jedoch hätte keine noch so große Sahnehaube es geschafft, den brodelnden Vulkan in mir zu löschen. Ich entreiße Pixie das Papier, zerknülle es und werfe es quer durch den Raum.

Meine Freundin sieht mich mitfühlend an. Dann packt sie ihre Tasche. »Ich mach mich auf. Du brauchst Freiraum, damit du deine verborgenen Wünsche aufspüren kannst, Süße. Die sind nämlich scheu und kommen nur raus, wenn man ganz still ist, auf sein Herz hört und den Kopf ausschaltet«, sagt sie und ist schon fast an der Tür. »Viel Glück! Wir sehen uns.«

»Es tut mir leid. Geh nicht!« Mittlerweile laufen mir die Tränen über die Wangen, ich wollte Pixie nicht verscheuchen. »Wo willst du denn hin? Es ist mitten in der Nacht, an Weihnachten findest du doch weder ein Zimmer noch einen Zug.«

»Mach dir um mich mal keine Sorgen.« Sie wirft mir einen

Luftkuss zu. »Und ruf mich an, wenn du eine ehrliche Meinung brauchst.«

Ich weiß, es ist besser, dass sie geht, bevor unsere Freundschaft im Feuer meiner unterdrückten Gefühle verbrennt. Pixie hat Recht, ich muss aufhören mit dem Ausweichen und Verdrängen. Es ist an der Zeit, mich allem zu stellen. Dem was war, was ist und was sein wird.

Ich will das nicht. Vor allem nicht allein. Schluchzend lasse ich mich auf das halbgemachte Gästebett fallen. Das ist das schlimmste Weihnachten aller Zeiten.

Kapitel 22

6. Januar, ein neues Leben beginnt

Es ist einer dieser grauen Tage, die eine tiefe Sehnsucht nach der Nacht in sich tragen. Doch das zieht mich nicht runter. In meinem Herzen scheint die Sonne. Endlich weiß ich, wohin ich gehöre.

Dennoch bin ich nervös. Es ist das Verrückteste, was ich je getan habe! Hoffentlich geht alles gut.

Der Wind bläst mir kalt in den Nacken. Ich stelle den Kragen meines Kamelhaarmantels, den Tom mir mitgebracht hat, auf. Marokko war super, jetzt sitzen die beiden schon wieder brav an ihren Schreibtischen. Das neue Jahr hat begonnen.

Die Feiertage sind wie im Flug an mir vorbeigerauscht. Nachdem Pixie gegangen war und ich mich Stunden später leergeweint hatte, lag die Antwort darauf, was ich wirklich will, klar und deutlich am Boden meiner Seele. Am nächsten Tag schon habe ich Kisten gepackt. Ich habe mein Sparbuch und meine Wohnung aufgelöst, meine Möbel verkauft und nur das Nötigste in einen Koffer gepackt, der nun dicht neben mir steht, als schmiege er sich ängstlich an mich, weil er nicht weiß, was ihn erwartet.

Ich weiß es auch nicht. Aber ich freue mich darauf.

Da ich noch etwas Zeit habe, beschließe ich, ein Stück zu gehen. Der Weg ist mir vertraut, es fühlt sich an, als käme ich heim.

Ich erinnere mich daran, wie ich vor nicht allzu langer Zeit mit Matteo hier entlang spaziert bin. Mein lieber Matteo. Er startet heute ebenfalls in ein Abenteuer. Aber seines ist nicht meines. Das hat er verstanden.

»Grüß Fussel von mir«, bat er mich, als ich ihn anrief, um ihm zu sagen, dass ich ihn nicht begleiten werde.

Stattdessen bin ich heute früh in den Zug nach Moorbach gestiegen. Erklären kann ich meine Entscheidung nicht, zumindest nicht rational. Doch sie fühlt sich richtig an. Wie das Ergebnis einer komplexen Mathematikaufgabe, deren Rechenweg ich nicht mehr nachvollziehen kann. Ich vertraue einfach darauf, dass es stimmt.

Ich bleibe einen Augenblick stehen, atme tief durch und lausche dem Ächzen der Bäume im Wind und dem Knistern des Frosts, der zu Boden fällt. Es ist der beste Platz auf Erden, und ich werde hier leben.

Die Eiche, unter der Fussel liegt, kommt bald in Sicht. Als ich das Grab erreiche, entdecke ich etwas, das meinen Atem in einem erstaunten Wölkchen vor meinem Mund schweben lässt. Jemand hat einen Hund geschnitzt, einen lebensgroßen Fussel, der sich eingerollt hat und selig schläft. Die Figur wirkt so echt, dass es fast so aussieht, als würde sich der Brustkorb heben und senken.

Fasziniert trete ich näher, hocke mich neben den

Holzhund und fahre bedächtig mit den Fingerspitzen über die Rillen und Furchen der Skulptur. Ich brauche mich nicht zu fragen, wer dieses Kunstwerk erschaffen hat, ich erkenne die Handschrift. Das war Ben.

Nur, warum? Hat er diesen Ort und alle, die dazugehörten, nicht längst hinter sich gelassen?

Wie zur Antwort auf meine Fragen kommt jemand mit langen Schritten den Hügel hinauf. Ich fahre herum und mein Herz bleibt stehen. Es ist Ben. In nachtblauem Wollmantel und passendem Schal. Mit seinen feinen Schuhen und der Gelfrisur wirkt er wie ein Fremdkörper in der ursprünglichen Winterlandschaft. Pixie hatte Recht, ich erkenne ihn nicht wieder.

»Ben?«, frage ich, als müsse ich mich vergewissern, dass er es wirklich ist.

»Schön, dich wiederzusehen«, sagt er leise.

Mein Puls schießt von null auf hundert. Ich bin auf eine Begegnung mit ihm nicht vorbereitet. Doch ich fange mich und blicke ihm fest entgegen. »Was tust du hier?«

»Mich entschuldigen.«

»Wofür?« Dass du die Tischlerei aufgegeben hast? Oder tun dir die verbotenen Küsse leid? Ich kann mich nur mühsam beherrschen. Da ist immer noch viel Wut in mir.

Ben schweigt, sieht mich nur undurchdringlich an und schüttelt dann den Kopf. »Dass ich nicht ehrlich zu dir war.«

Das ist alles? »Dann sind wir wohl quitt.« Ich drehe mein Gesicht weg, damit er die Bitterkeit darin nicht sehen kann.

»Luisa, versteh doch ...« Er kommt einen Schritt auf mich zu, ich aber weiche zurück, will ihn nicht an mich ranlassen. Er versteht das Signal und bleibt, wo er ist. »Mein Vater hatte einen schweren Herzinfarkt, ich musste von einem Augenblick auf den anderen die Geschäftsführung übernehmen.«

»Ein Herzinfarkt? Das tut mir leid.« Auch wenn ich wenig für Nikolaus senior übrighabe – eine schlimme Krankheit wünsche ich niemandem. »Wie geht es ihm?«

»Na ja, er ist in der Reha. Für die nächsten Wochen. Und ob er je wieder arbeiten wird, steht in den Sternen.«

Das erklärt, warum Ben alles stehen und liegen ließ. Um den Familienbetrieb zu retten. Er hatte keine Wahl, er hat Verantwortungsbewusstsein gezeigt. Für seine Angestellten und deren Familien, es arbeiten schließlich mehr als hundert Menschen bei *Nikolaus & Sohn*.

Mein Zorn verfliegt etwas, zumindest hört das Zittern wie kurz vor einem Vulkanausbruch auf. Sauer bin ich allerdings immer noch auf ihn.

»Und das alles konntest du mir nicht früher mitteilen?«

»Wie denn, wenn ich keine Telefonnummer von dir habe und du deine Mails offenbar nicht liest?«

Dem kann ich nicht widersprechen, halte dennoch dagegen: »Wir wohnen in derselben Stadt, schon vergessen?«

Darauf hat er keine Antwort.

Mein kleiner Triumph schmeckt schal. Ich bin ihm ebenfalls aus dem Weg gegangen, statt das Gespräch zu suchen. Wir konnten uns wohl beide nicht in die Augen schauen. Auch jetzt blicken wir aneinander vorbei. Das fühlt sich seltsam fremd an. Als hätten wir uns nie unter dem Sternenhimmel geliebt. Die Erinnerung daran ist wie eine traurige Melodie, schmerzlich und schön zugleich. Ich verliere mich für einen Moment darin.

Ben räuspert sich. »Warum hast du die Tischlerei gekauft?«

»Ich werde dort die Weihnachtswerkstatt einrichten: Handgefertigter Baumschmuck, Kerzenständer, Kurrenden, schon vergessen?«

Das ist mein Plan. Er ist die ganze Zeit über da gewesen, ich hatte ihn nur als sentimental, unvernünftig, ja, unmöglich abgetan. Bis ich ihm nicht mehr aus dem Weg gehen konnte.

Die Erfolgsaussichten stehen schlecht, ich habe sie erst gar nicht ausgerechnet. Dennoch muss ich es wagen. Vorher finde ich sowieso keine Ruhe.

»Bist du dir sicher, dass du das allein durchziehen willst?« Ben klingt ehrlich besorgt.

Ich blocke seine Fürsorge ab, die kann er gern behalten. Vor allem aber will ich keine Bedenken hören. Davon habe ich selbst genug.

»Traust du mir das etwa nicht zu?«

»Doch, natürlich«, lenkt er hastig ein. »Es ist nur sehr viel Arbeit für eine Person.«

»Es war ja auch für zwei geplant.« Jetzt blicke ich ihm doch in die Augen. Wie blau sie sind. Das hatte ich beinahe vergessen. Für einen Moment bin ich davon gefangen. Auch Ben scheint wie erstarrt. Zwischen uns spannt sich ein Band, das nicht sein darf.

»Sonst noch was?«, sage ich forsch, um den Zauber zu durchbrechen.

»Lass mich dir helfen«, sagt er fast flehend. »*Nikolaus & Sohn* beteiligt sich an deinem Geschäft, du brauchst keinen Kredit aufnehmen, wir vermarkten deine Produkte …«

»Nein, danke!«, falle ich ihm ins Wort. »Das Letzte, was ich will, ist dich als Partner.«

Das hat gesessen. Ben sieht aus, als hätte ich ihm ins Gesicht geschlagen. Seine Miene verschließt sich.

»Schade. Dann werden wir wohl Konkurrenten sein müssen. Viel Glück, Luisa«, sagt er und wirft mir ohne Vorwarnung die Hausschlüssel entgegen.

Ich fange sie und gerate dabei kurz ins Wanken. Dann stehe ich wieder mit beiden Beinen fest auf dem Boden. Nichts kann mich von meinem Vorhaben abbringen. Ich bin stark und entschlossen, mein neues Leben zu beginnen. Hier und jetzt.

»Lebewohl«, verabschiede ich mich von Ben. Er nickt mir knapp zu und verschwindet schnellen Schrittes zwischen den Bäumen.

Zurück bleibt ein grauer Januartag, die warme Vorfreude in mir ist erloschen. Ben hat zu viel Staub aufgewirbelt, er verdunkelt meine Sonne. Aber ich lasse mich nicht unterkriegen. Ich richte den Blick nach vorn, mein neues Zuhause erwartet mich.

Und mit ihm eine schier endlose Aufgabenliste. In den kommenden Tagen fluche und friere ich. Das Feuer im Kamin erzeugt mehr Rauch als Wärme, die Zimmer sind eisig, die Klamotten klamm. Meine Hände werden rissig vom Schrubben und Wischen, meine Moral bröckelt wie der Putz von den Wänden.

Doch immer, wenn eine Ecke in neuem Glanz erstrahlt, bin ich stolz. Das treibt mich an.

Ich fahre mit meinem nagelneuen Transporter, Baujahr 1998, in Baumärkte und zu Handwerkern, tapeziere, streiche, suche Armaturen und Fliesen aus, vereinbare Termine und bin geschockt von den Kosten.

Nachts sitze ich vor meinem Laptop, rechne hin und her, mein Budget schwindet ebenso wie meine Kräfte.

Ob ich mich verkalkuliert habe?

»Du brauchst Unterstützung«, sagt mein Bruder, als wir eines Abends telefonieren.

Genervt stochere ich im Kamin, die Scheite wollen nicht brennen, sie sind zu feucht. Ich muss dringend ein überdachtes Holzregal bauen. Wie soll ich das allein nur hinkriegen? Mein Bruder hat Recht, Ben hatte Recht. Aber das werde ich nicht zugeben.

»Ich schaffe das schon«, gebe ich trotzig zurück.

»Nichts da. Ich helfe dir. Ab nächster Woche nehme ich mir frei.«

»Wehe! Du schreibst brav an deiner Masterarbeit und kümmerst dich um unsere Eltern!«

»Die kommen sehr gut allein klar. Und mein Schreibtisch auch.«

Ich atme tief durch, mein Bruder kann ein echter Dickkopf sein. »Und wenn ich jemanden einstelle, bleibst du dann weg?« Mitarbeiter kann ich mir eigentlich nicht leisten, aber noch weniger will ich, dass Tom seinen Abschluss für meine Träume aufs Spiel setzt. Lieber verschulde ich mich. Oder gebe auf.

»Na gut«, willigt er ein. »Du hast eine Woche. Und ich fordere ein Beweisfoto.«

»Abgemacht!«

Ich hänge also in der Tankstelle eine Stellenanzeige aus, bitte Bernard, sich umzuhören, und gebe jedem, den ich auch nur flüchtig kenne, meine Nummer. Niemand ruft an.

Mit jedem Tag, der verstreicht, werde ich betrübter. Wenn ich nicht einmal jemanden zum Renovieren finde, wie soll ich je gute Holzbildhauer und andere Künstlerinnen für meine Werkstatt gewinnen?

Mein rationales Ich wird lauter und lauter, es ruft mich dazu auf, endlich Vernunft anzunehmen und diesen Schrotthaufen zu verkaufen, bevor ich daran zerbreche. Persönlich wie finanziell.

Und was tue ich? Kaufe zwei Hühner und ein Hausschwein. Erika. Sie ist niedlich gefleckt und soll mir Glück bringen.

Okay, vielleicht bin ich übergeschnappt. Aber zumindest nicht mehr allein.

Kapitel 23

Alte Freunde, Pellkartoffeln und neues Glück

»Du hast deinem Bruder Erika und die Hühner als Angestellte verkauft?« Pixie laufen Tränen vor Lachen. Wir sitzen nach einem arbeitsreichen Tag an der Feuerschale und trinken Punsch. Die beiden Hennen, Belinda und Marie, sind schon im Stall, Erika hat sich zu meinen Füßen eingerollt und schnarcht wohlig.

»Sonst hätte er keine Ruhe gegeben.« Ich seufze und massiere meinen Handballen. Er ist vom vielen Hämmern, Schrauben und Hacken ganz verspannt. Pixie und ich haben heute das Kaminholzregal gebaut. Es ist ein richtiges Schmuckstück geworden.

»Ich könnte bei dir arbeiten«, sagt meine Freundin und stochert nach den Kartoffeln, die wir in die Glut gelegt haben.

»Für Mindestlohn und mit unbezahlten Überstunden?«

»Klar.« Pixie grinst mich breit an. »Die Chefin ist nett, die Arbeit macht Spaß und die Verpflegung stimmt.« Sie prostet mir zu.

Ich lache und nehme einen großen Schluck. Unser

gemeinsames Wochenende hat mir sehr gutgetan. Die Vorstellung, dass sie bleibt, ist verlockend.

Weil ich aber weiß, dass sie ihren Job in der JVA liebt, muss ich ihr Angebot ablehnen. »Leider bist du überqualifiziert. Außerdem bist du gegen Weihnachten allergisch. Du würdest es nicht durch die betriebsärztliche Untersuchung schaffen.«

Pixie legt mir einen Arm um die Schulter. »Für dich hänge ich das ganze Jahr über Lichterketten auf«, sagt sie. »Mal ehrlich, ich kann mir sogar vorstellen, Weihnachten zu feiern. Aber nur hier, bei dir.«

Ich bin so gerührt, dass ich ihr um den Hals falle und dabei meinen Glühwein verschütte. Erika wacht von dem Trubel auf und sucht den Boden nach etwas Essbarem ab.

»Warte, Schnuffeline, gleich gibt etwas Leckeres!«, verspreche ich ihr und angle mit dem Stock nach einer Feuerkartoffel. Erika schmatzt vorfreudig, mein Handy summt dazu ›Fröhliche Weihnacht‹.

»Geh ran.« Pixie übernimmt die Kartoffel.

Ich hole das Smartphone heraus. Es war kein Anruf, sondern eine E-Mail. Das bedeutet in der Regel Rechnungen, darauf habe ich heute Abend keine Lust. Ich will mein Handy schon wieder wegstecken, da fällt mir der Betreff ins Auge.

»Es ist eine Bewerbung!«

»Lies vor!« Pixie pellt die Kartoffel mit spitzen Fingern, Erika grunzt ungeduldig, denn sie will die Schalen.

»Sehr geehrte Frau West«, beginnt das Anschreiben, »ich hoffe sehr, dass der Platz an Ihrer Seite noch frei ist. Ich will ihn nämlich unbedingt.«

»Was ist denn das für ein Vogel? Dem fehlen wohl ein paar Federn...« Pixie grinst und tippt mit ihrem Zeigefinger gegen ihre Schläfe.

Ich lese weiter. »Zwar kann ich nur mittelmäßig kochen, dafür aber recht gut handwerkeln und vor allem schnitzen. Meine Spezialität sind Eichhörnchen.« Über diese Worte stolpere ich. Ich fasse in meine Jackentasche und hole Bens Holzhörnchen hervor. Es lag noch in seinem Zimmer, ich trage es immer bei mir. Als Erinnerung an unseren Traum, der jetzt nur noch meiner ist. Ich blinzele gegen die aufsteigenden Tränen an. Seit Wochen habe ich nicht geweint, und das soll auch so bleiben.

»Manchmal bin ich schwer von Begriff und gelegentlich dickköpfig, aber dafür zuverlässig und treu. Vor allem, wenn ich mit ganzem Herzen dabei bin …« Meine Stimme bricht.

Pixie lässt die Kartoffel sinken, Erika schnappt sie sogleich aus ihrer Hand. »Sag mal, das hat doch Ben geschrieben.«

Ich nicke, unfähig, etwas zu sagen.

Pixie beugt sich zu mir und überfliegt die Mail. »Er bittet dich um eine zweite Chance.«

»Warum tut er das?« Mein Brustkorb schmerzt, so verkrampft bin ich, ich bekomme kaum Luft. »Will er mir etwa sagen, dass ich es ohne die Unterstützung von *Nikolaus & Sohn* nicht schaffe?«

»Quatsch. Er liebt dich. Steht doch da.« Pixie tippt auf das Display. »Es hat nur eine Weile gedauert, bis er es kapiert hat.«

Ich starre ins Feuer und lasse Pixies Worte auf mich wirken.

Kann das sein? Will Ben mich und die Weihnachtswerkstatt zurück?

Nur, will ich das überhaupt noch?

»Ich weiß nicht, was ich denken soll …«

»Wie wäre es mit fühlen?«

»Einfach loslassen, rein ins Blaue, um erneut enttäuscht zu werden?« Das halte ich für keine gute Idee.

Mit meiner letzten Bauchentscheidung, dem Kauf der Tischlerei, bin ich, trotz reichlich Überraschungen und viel Frust zwischendrin, zwar immer noch glücklich, aber sie belügt mich nicht und wird auch morgen noch da sein. Sollte ich die Mittel weiter aufbringen können …

»Verstehe. Du willst vernünftig handeln«, sagt Pixie und nickt.

Kein Widerspruch? Das irritiert mich. »Wohlüberlegt, ganz genau«, bestätige ich, ein wenig auf der Lauer.

»Dann lade ihn zum Vorstellungsgespräch ein.«

Wusste ich es doch! »Sehr witzig.«

»Hör mal, es ist ganz einfach: Du brauchst einen Mitarbeiter. Und Ben ist für die Stelle wie gemacht. Probiere es wenigstens aus.«

Dieser Logik habe ich nichts entgegenzusetzen. Dennoch kann ich mir nicht vorstellen, mit Ben auf dem Hof zu arbeiten, als sei nichts gewesen.

»Ben ist Geschäftsführer von *Nikolaus & Sohn* und braucht wohl kaum einen Nebenjob als Aushilfe«, gebe ich zurück.

»Stimmt auch wieder«, sagt Pixie darauf nur und lässt das Thema damit fallen. »Willst du eine Kartoffel? Die Kräuterbutter ist köstlich.«

»Ja«, antworte ich perplex, Hunger verspüre ich keinen mehr.

Pixie lässt es sich schmecken und plaudert weiter, als sei nichts gewesen. Sie hat mit Kickboxen angefangen und berichtet mir in allen Einzelheiten vom Muskelkater ihres Lebens. Bens Bewerbung ist für sie offenbar Geschichte. Ich würde sie ebenfalls gern abhaken, kann es aber merkwürdigerweise nicht.

Nur mit Mühe gelingt es mir, Pixies Geschichten aus dem Boxring zu folgen. Selbst als wir weit nach Mitternacht ins Bett gehen, finde ich keine Ruhe. Bens Mail spukt durch meinen Kopf wie ein Geist, der erst dann verschwinden wird, wenn seine Aufgabe erfüllt ist: Ben und mich ein letztes Mal zusammenzuführen.

Kurz vor Morgengrauen stehe ich auf, schreibe ihm zurück, koche einen starken Kaffee und bringe Pixie nach einem deftigen Frühstück zum Bahnhof. Über Ben verlieren wir kein Wort. Was gut ist, denn da muss ich allein durch.

Mittags schon steht er vor meiner Tür. In Jeans, Boots und Karohemd. Als sei er nie fortgewesen. Nur das Gesicht wirkt jungenhafter ohne Bart.

»Bin ich zu spät?«, fragt er und meint damit nicht die Uhrzeit. Das erkenne ich in seinen Augen. Sie leuchten so intensiv, dass es mir den Atem raubt. Mein Körper reagiert sofort auf ihn, ohne mich um Erlaubnis zu fragen.

»Komm doch rein.« Ich bleibe auf Abstand, möchte mich nicht überrennen lassen. Weder von ihm noch von meinen Gefühlen.

Fast schüchtern betritt er sein einstiges Heim und sieht sich um. Wir schreiben bereits Ende Februar, aber bei mir weihnachtet es noch.

Auf meinem Pulli galoppieren Rentiere, dazu trage ich Schneeflockensocken. Überall habe ich Lichterketten aufgehängt, Kerzen stehen in jeder Ecke, dazu Kränze mit Glitzerkugeln und Tannenzapfen.

Ben berührt leicht ein Glöckchen und lächelt. »Es ist wirklich schön geworden.«

Eigentlich sollte es mir egal sein, ob ihm das Wohnzimmer gefällt oder nicht. Schließlich wird er hier nicht wohnen, sondern allenfalls arbeiten.

Trotzdem breitet sich ein Lächeln auf meinem Gesicht aus und meine Wangen glühen mittlerweile wie die Scheite im Kamin. Ich kann nichts dagegen tun.

»Möchtest du einen Tee?«

Dies ist ein offizielles Bewerbungsgespräch, erinnere ich mich selbst. Wir haben eine geschäftliche Beziehung zu besprechen, mehr nicht.

»Lieber Kaffee«, antwortet er und folgt mir in die Küche. »War eine Menge Arbeit das alles, nicht wahr?« Er deutet auf die frisch gestrichenen Wände. Ich habe mich für taubengrau entschieden. Das harmoniert perfekt mit den Holzmöbeln und den bunten Mosaikfliesen.

»Ach was«, antworte ich und befülle den Kessel mit Wasser. »Es war die Hölle.«

Wir lachen einvernehmlich, er tief, ich hell, es hört sich schön zusammen an, wie der harmonische Schlussakkord einer Sinfonie.

»Ab jetzt wird es besser«, verspricht Ben. »Ich übernehme die schweren Aufgaben.«

Irgendwie kratzt mich das. Fühlt er sich dazu verpflichtet?

»Das ist nicht nötig, ich komme schon zurecht.«

»Ich möchte aber. Bitte!« Ben nimmt meine Hand, die Berührung prickelt auf meiner Haut.

Ich entziehe mich ihm und mache mich daran, den Kaffee aufzugießen. »Hast du nicht genug anderes zu tun? Die Firma, dein Vater, Hochzeitsvorbereitungen ...«

»Nein«, erwidert er. »Es hat ein paar Wochen gedauert, einen Nachfolger für mich zu finden. Mein Vater kann sehr anspruchsvoll und schwierig sein, das weißt du. Aber letztlich haben wir jemanden eingestellt, der sich nicht von ihm einschüchtern lässt.«

»Heißt das, du gibst deinen Chefposten bei *Nikolaus & Sohn* auf?« Ich bin so verdutzt, dass ich beinahe die Küche mit kochendem Wasser überschwemme.

»Nicht ganz. Wichtige strategische Entscheidungen müssen mit mir abgestimmt werden. Das bedeutet, dass ich etwa einmal im Monat nach Bamberg muss. Den Rest erledige ich vom Homeoffice aus. Sobald wir vernünftiges Internet hier haben. Darum kümmere ich mich als Erstes.«

Sekunde, das geht mir zu schnell. »Wie stellst du dir das vor? Wir sind kein Paar, du kannst hier nicht wohnen. Außerdem habe ich kaum Geld für mich allein, ich kann dich nicht bezahlen …«

»Das Gehalt interessiert mich nicht.« Er nimmt mir die Kaffeebecher aus der Hand.

»Was dann?«

Anstatt zu antworten, legt Ben seine Lippen auf meine. Alles in mir verstummt, die Schwerkraft löst sich auf und wir schweben. Der Druck auf meinen Schultern entschwindet, ich kann nicht zweifeln, nichts fürchten, nur fühlen, dass das genau richtig ist. Ben und ich, wir zusammen.

Nach einer kleinen Unendlichkeit lösen wir uns voneinander. Bens Blick verspricht mir etwas. »Luisa. Ich liebe dich.«

Ich will ihm glauben. So sehr. Doch alte Verletzungen melden sich zurück, ich möchte mich nicht noch einmal verbrennen.

»Kann ich dir vertrauen?«

»Mehr als zu hundert Prozent.«

Ich mag die Antwort, sie spricht meine zahlenaffine Seite an. Aber hier geht es nicht um Mathematik, Liebe hält sich nicht an wissenschaftliche Gesetze. Dennoch will ich mich mit ein paar Fakten absichern, bevor ich mein kostbares Herz verschenke.

»Was ist mit Ann-Kristin?«

»Da war nie viel. Und jetzt ist da gar nichts mehr.«

Bin ich schuld daran, dass die Beziehung zerbrochen ist? »Tut mir leid.«

»Das muss es nicht. Ann-Kristin kann sehr, sagen wir ›durchsetzungsstark‹ sein, wenn sie etwas will. Und sie wollte eine Nikolaus werden.« Er reibt sich die Stirn, als bereite ihm diese Geschichte Kopfschmerzen. »Erst hat sie mich um den Finger gewickelt, dann hat sie mich, nach nur vier Wochen, mit der Verlobung überrascht. Vor der gesamten Familie.«

»Oh.«

Bens Blick wandert in die Vergangenheit, zurück zu jenem Abend. »Da saß ich nun vor meinen Antipasti und hatte das Gefühl, an einer Peperoni zu ersticken. Mein Vater hingegen hob sogleich sein Glas, er war begeistert und sagte, wir wären ein Dreamteam. Meine Mutter brach vor Freude in Tränen aus.«

Ich kann mir die Szene lebhaft vorstellen. Und auch, wie Ben sich gefühlt haben musste.

»Was sollte ich tun? Alle wirkten so glücklich, ich hingegen verspürte Panik. Hatte ich etwa kalte Füße? Oder liebte ich sie nicht? Um das zu klären, blieb mir kein Spielraum. Ich wollte Ann-Kristin nicht vor allen blamieren, also stieß ich auf unsere gemeinsame Zukunft an. Später bat ich sie um etwas Zeit. Aber sie blockte meine Bitte ab, die Hochzeitsplanerin war schon bestellt. Sie interessierte sich genauso wenig für meine Meinung wie mein Vater. Ich hatte genug. Von allem.«

»Also bist du abgehauen«, schlussfolgere ich.

Ben nickt. »Weißt du, mein Leben lief seit meiner Geburt wie auf Schienen. Immer geradeaus. Der Weg war vorbestimmt, Richtung und Ziel ebenfalls. Als ich ausgebrochen bin, fühlte ich mich plötzlich frei. Aber auch irgendwie verloren. Ich hatte nie gelernt, nach meinen eigenen Wünschen zu leben. Ich wusste nicht, was ich will. Bis du kamst.« Er nimmt mein Gesicht liebevoll in seine Hände und küsst mich sanft auf die Stirn. »Das Leuchten in deinen Augen hat mich umgehauen. Eben noch wollte ich von der Welt nichts mehr wissen, und plötzlich konnte ich es kaum erwarten, sie mit dir gemeinsam zu entdecken.«

Ich lasse mich in seine Arme fallen, mehr muss er nicht sagen. »Lass uns gemeinsam neu anfangen.«

Doch Ben ist noch nicht bereit dafür. Er will offenbar alles, was noch zwischen uns stehen könnte, aus dem Weg räumen. »Als ich erfuhr, dass du im Auftrag meines Vaters hier warst, hat es mir den Boden unter den Füßen weggerissen. Ich glaubte, alles zwischen uns sei nur gespielt gewesen. Eine perfide Komödie aus der Feder meines Vaters, der mir damit seine Macht demonstriert. Es war grauenhaft.«

Sein Körper verkrampft sich bei der Erinnerung daran.

»Verzeih mir, ich wollte dich nie verletzen. Ich wusste einfach nicht, was ich tun sollte, und habe ewig mit mir gerungen. Erst hatte ich Angst, meinen Job zu verlieren. Und dann hatte ich Angst, dich zu verlieren –«

Ben schneidet mir das Wort mit einem langen, leidenschaftlichen Kuss ab.

»Wir waren wohl beide Spielfiguren.«

»Die sich nicht an die Regeln gehalten haben.«

»Zum Glück hast du deinen eigenen hübschen und klugen Dickkopf.« Er lächelt mich liebevoll an. »Ich bin stolz auf dich, dass du die Tischlerei gekauft hast und an deiner Vision festhältst.« Er räuspert sich. »Und ich würde gern Teil deines Teams sein. Bin ich eingestellt?«

»Ja, ja und ja!«

Er wirbelt mich herum, ich schwebe für einen Moment auf einer Wolke aus Glück. Doch dann erinnere ich mich an mein leeres Bankkonto und die übervolle Arbeitsliste. Selbst wenn wir den Laden zum Laufen bringen, fehlt uns immer noch Vermarktung und Vertrieb, die ganze Logistik, Personal. Ich mag gar nicht daran denken. Mit ernster Miene löse ich mich aus seinen Armen, trete einen Schritt zurück und sehe ihn eindringlich an.

»Überleg es dir gut, ob du in das Geschäft einsteigen willst. Was, wenn die Weihnachtswerkstatt nicht funktioniert? Die Chancen, dass das ein profitables Business wird, was uns beide finanziert, stehen schlecht. Das weißt du genauso wie ich. Kann sein, dass wir verkaufen müssen und auf einem Schuldenberg sitzen bleiben …« Die Sorgen der vergangenen Wochen brechen mit einem Mal aus mir hervor. »Ich möchte dich nicht mit in den Abgrund reißen.«

»So dramatisch wird es schon nicht werden. Schließlich sind wir keine Anfänger. Und ein bisschen Ungewissheit gehört eben dazu. Wäre ja sonst auch langweilig, oder?« Er zwinkert mir zu.

»Okay, dann herzlich willkommen«, sage ich halb lachend, halb weinend.

Er küsst meine Tränen weg. »Hey, was auch kommen mag, wir schaffen das. Ich möchte mit dir morgens aufstehen und abends zu Bett gehen. Ganz egal, ob hier oder woanders. Hauptsache, wir sind zusammen.«

Seine Zuversicht gibt mir neuen Mut. Und seine Liebe erzeugt das Gefühl, dass das Unmögliche möglich erscheint. Nichts hält mich mehr zurück, ich falle ihm um den Hals, reiße uns beide zu Boden, wo wir bleiben, uns ineinanderschlingen und nie wieder loslassen werden.

Kapitel 24

6. Dezember, ein Jahr später

»Wir brauchen mehr Eichhörnchen.« Meine Mutter klingt gestresst. Im positiven Sinne. Seit sie im Dorflädchen arbeitet, blüht sie regelrecht auf. Vor einem halben Jahr haben wir die Bäckerei von Bernard und Margot übernommen und umgebaut. In der einen Ecke gibt es Backwerk, in der anderen Holzarbeiten. Dazwischen stehen Tische und kleine Regale mit Keksdosen und süßen Stofftieren, die Pixie für uns häkelt.

Margot und meine Mutter schmeißen den Verkauf. Sie verstehen sich wie alte Freundinnen. Und ihre Ehemänner spielen in der Backstube Schach. Als wäre es schon immer so gewesen.

Dabei wollten Margot und Bernard ihr Geschäft schließen. Ihnen war nach Margots Beinbruch alles zu viel geworden. Das konnte ich verstehen, aber es machte mich auch sehr traurig. Ich liebte dieses niedliche Lädchen, und Ben und ich suchten noch nach einer Möglichkeit, wo wir unsere Handarbeit verkaufen konnten. Doch den Laden selbst zu führen, würden wir nicht schaffen. Dazu gab und gibt es immer noch zu viel in Werkstatt, Haus und Hof zu tun.

Eines Tages kamen meine Eltern zu Besuch. Wir kehrten nach einem Spaziergang in der Bäckerei ein und tranken mit Margot und Bernard einen Kaffee. Was soll ich sagen: Es war Liebe auf den ersten Blick. Meine Mutter und Margot tauschten Rezepte, mein Vater versackte mit Bernard bei einer Flasche Wein. Noch am selben Abend verkündeten die vier ihren Entschluss, dass sie gemeinsam den Laden führen und den Verkauf unserer Produkte für uns übernehmen würden. Keine drei Monate später hatten meine Eltern ein kleines Häuschen in Moorbach gefunden und waren hierher gezogen. Wer hätte gedacht, dass sie in ihrem Alter noch so spontan und flexibel wären?

Für mich ein wahrer Glücksfall. So sehr ich unsere Tischlerei liebe, aber ich hätte meine Eltern sehr vermisst. Jetzt sehen wir uns täglich, ich bringe neue Weihnachtsware und kaufe im Gegenzug frisches Brot und leckeres Backwerk. Heute bin ich spät dran, ich war vollkommen versunken in meine Malerarbeiten. Der Raum neben unserem Schlafzimmer soll bald fertig sein.

»Bin schon auf dem Weg«, verspreche ich meiner Mutter, die zwischenzeitlich eine Kundin bedient hat.

»Und bring bitte Brettchen mit, die in Tannenform sind der Renner. Vor allem online. Seit Zoe die Webseite fertig hat, kommt dein Vater mit dem Versenden nicht mehr hinterher. Das Mädchen ist ein wahres Designtalent.«

Und Yvet kennt zudem die perfekten Einstellungen für die Suchmaschinen. Sie kommt mit Tom so oft es geht vorbei, die beiden helfen, wo sie können. Unsere Werkstatt ist ein echter Familienbetrieb geworden.

»Stell dir vor, ein Päckchen geht in die Mongolei«, fährt meine Mutter fort.

Und ich weiß sogar, für wen es ist. Matteo und ich haben erst kürzlich videotelefoniert. Er hat mir mit leuchtenden Augen von der Weite des Landes, seinen Abenteuertouren durch die Berge und die Steppe, der ursprünglichen Natur und Gastfreundlichkeit erzählt. Und das Beste: Er hat eine neue Freundin! Sie heißt Wölkchen und ist eine Tibetanische Dogge. Das Tier lag eines Morgens auf seiner Fußmatte und folgt ihm seither auf Schritt und Tritt. Die beiden sind ein Herz und eine Seele. Ich freue mich sehr für ihn.

»Glaubst du, in der Mongolei mögen sie Zimtsterne? Ich habe eine Kostprobe mit eingepackt. Die gehen weg wie unsere warmen Semmeln«, redet meine Mutter ohne Punkt und Komma weiter. Sie wirkt fast ein bisschen überdreht, vielleicht sollte sie mal eine Pause einlegen. »Aber keine Sorge, für dich habe ich extra noch ein Blech gebacken.«

»Das ist lieb.« Lächelnd streiche ich über meinen Bauch, der nicht nur von Mamas Plätzchen rund geworden ist. An Ostern wird es so weit sein. Dann werden wir eine richtige, kleine Familie. Ich kann es kaum erwarten. Aber bis dahin gibt es noch viel zu tun.

Ich renoviere das Haus, soweit ich kann, Ben kümmert sich um die Werkstatt. Es läuft so gut, dass wir kaum mit den Bestellungen hinterherkommen. Manchmal kann ich mein Glück kaum fassen. Dann bekomme ich Angst, dass es jeden Augenblick zerbrechen könnte.

Aber Ben zerstreut meine Sorgen jedes Mal sofort. Er braucht mich nur in den Arm zu nehmen, und sie verschwinden.

Seitdem nichts mehr zwischen uns steht, sind wir wie zwei Puzzlesteine, die nahtlos zusammenpassen. Außer beim Thema Popcorn, da ist er Team Salzig und ich Süß. Was kein Nachteil ist, denn so hat jeder eine eigene Schüssel und es gibt keinen Streit.

»Wollen wir heute Abend einen Film schauen?«, frage ich Ben, nachdem ich mich von meiner Mutter verabschiedet habe.

»Vielleicht.« Ben umarmt mich von hinten. Ich schließe die Augen, damit ich mich ganz seinen Liebkosungen hingeben kann.

»Lass uns zusammen in die Badewanne«, flüstere ich gegen seinen Hals.

»Keine Zeit, tut mir leid«, vertröstet er mich. »Wir müssen ins Dorf, deine Mutter braucht bestimmt Eichhörnchen-Nachschub. Und du ein Stück Kuchen.«

»Kannst du hellsehen?«

»Ich liebe dich!« Ben eilt die Treppe hoch, um sich etwas Frisches anzuziehen.

Ich versorge derweil unsere Tiere. Erika begrüßt mich mit einem freudigen Grunzen. Sie ist gern bei den Hühnern. Wie ein treuer Wachhund liegt sie im Stroh, während Marie und Belinda auf ihren Stangen dösen.

»Na, ihr Süßen, wie geht es euch?«

Belinda, die Zutrauliche, pickt zart gegen meine Hand. Sie setzt sich gern in meinen Schoß und lässt sich das Gefieder kraulen. Marie hingegen ist eine Draufgängerin. Sie stolziert oft auf dem Zaun und unternimmt Ausflüge aufs Feld. Dann ist Erika in Sorge. Sie stupst mich mit ihrem Rüssel so lange an, bis ich Marie zurückgeholt habe.

Ich gebe den dreien Futter, sammle eine Handvoll Eier

und mache noch einen kleinen Rundgang durch die Werkstatt. Die Fenster sind klar, das letzte Licht des Tages fällt in langen Streifen herein und malt rotgoldene Muster auf die Werkbänke, die blanken Stemmeisen, Sägen, Hämmer und Hobel. Ich atme würzigen Kieferduft und bin erfüllt von Liebe und Harmonie. Hier bin ich richtig, das ist mein Platz.

Meine Gedanken wandern zu dem Tag zurück, an dem ich hier ankam. Und so schnell wie möglich wieder wegwollte. Das scheint erst gestern gewesen und doch Lichtjahre entfernt zu sein. So viel ist geschehen. Ich habe mich verändert und bin mir damit näher als je zuvor.

Matteo meint, man muss erst etwas riskieren, um wachsen zu können. Auch wenn der Weg dorthin anstrengend und schmerzlich sein kann. Es lohnt sich. Ich weiß, was er meint.

Wir alle haben etwas gewagt. Und gewonnen.

Matteo Freiheit und Seelenfrieden, Zoe den Respekt ihrer Eltern, Pixie wahre Freunde, Ben und ich einander und einen gemeinsamen Lebenstraum, sogar meine Eltern haben einen großen Schritt raus aus ihrem gemütlichen Nest gemacht und sind glücklicher denn je.

Ich bin stolz auf jeden von ihnen. Auch auf Tom, der sein Studium beendet hat und mit Yvet auf Weltreise ist. Ich bin mir sicher, die beiden kommen reich an Erfahrungen zurück. Und mit einem großen Loch im Bankkonto. Aber was zählt das schon, wenn man dafür sein Leben lebt, herausfindet, wer man ist und wohin man will.

»Los geht's«, ruft Ben und reißt mich damit aus meinen Betrachtungen. Er hat einen Karton mit Schnitzwerk unter dem einen Arm und legt mir den anderen schwungvoll um die Taille.

Der Weg ins Dorf dauert länger als früher, denn Ben

umfährt jedes Schlagloch, um unser Baby nicht aufzuwecken. Süß, oder?

Wir kommen erst kurz vor Ladenschluss an. Trotzdem ist das Lädchen rappelvoll, das kann ich schon von weitem erkennen. Die Lichterketten im Schaufenster erhellen eine illustre Menge, vielleicht eine Touristengruppe auf der Durchreise. Kundschaft ist gut fürs Geschäft. Dennoch seufze ich enttäuscht, hatte ich mich doch auf einen Sahnekakao und einen gemütlichen Plausch mit meiner Mutter und Margot gefreut.

Verziehen wir uns eben in die Backstube. Dort ist es ruhig, und es gibt immer etwas zu naschen.

»Nehmen wir den Hintereingang?«, frage ich Ben mit verschwörerischer Miene.

»Nein, bitte nicht.« Er wirkt mit einem Mal nervös. Ich nehme an, dass er unauffällig ein paar Kundenstimmen aufschnappen will. Besonders interessiert ihn, wie seine neueste Kreation, das Schaf mit den Wollsocken, ankommt.

»Mach dir keine Sorgen, alle lieben deine Figuren«, beruhige ich ihn.

Es ist zum Anbeißen, wie er mich jetzt unsicher von der Seite anlächelt. Ich gebe ihm einen Kuss, und wir schlendern Hand in Hand zum Laden. Der Abend ist klar, ich lege den Kopf in den Nacken und suche nach den ersten Sternen.

»Der Polarstern ist noch nicht zu sehen«, stelle ich enttäuscht fest. Er ist unser Nordlicht, wir schauen jeden Abend nach ihm.

Ben bleibt stehen und sieht mich bedeutungsschwer an. »Ich weiß trotzdem, wohin ich mit dir will.«

»Bis ans Ende der Welt?«, scherze ich.

»Und zurück.«

Wir betreten das Geschäft, das den Namen ›Süßes Stübchen‹ trägt, und werden erschlagen von Herzlichkeit, Liebe, Freunden und Familie. Alle sind versammelt. Was für eine Überraschung!

Pixie ist da und Zoe, Matze mit seinen Zwillingen, die auf dem Boden sitzen und mit Pixies Plüschtieren spielen, Tankwart Hannes und noch ein paar Freunde aus dem Dorf. Margot und Bernard verteilen Sekt, meine Eltern unterhalten sich mit Bens Vater und seiner Mutter, eine elegante Dame mit strahlend blauen Augen und einem sanften Lächeln.

Was ist hier los?

Ich komme nicht dazu, mir einen Reim auf das bunte Treiben zu machen, denn Pixie fällt mir um den Hals.

»Schau mal, was ich gehäkelt habe«, sagt sie, holt einen regenbogenfarbenen Strampler hervor und hält ihn vor meinen Bauch. »Na, wie findest du das?«

»Zu bunt«, antwortet Zoe. Sie hat mal wieder eine neue Frisur, lila Locken. Damit sieht sie wie ein Engelchen aus. Seit dem Sommersemester studiert sie an der Kunsthochschule. Und macht parallel einen Abschluss in Wirtschaftsjura. Taff, die junge Dame.

»Zu bunt?«, wiederholt Pixie und zupft an Zoes Locken. »Das musst du gerade sagen.«

Wie aufs Stichwort eilt meine Mutter herbei und macht sich an meinen Haaren zu schaffen. Wieso tut sie das? Und überhaupt, warum dieser Menschenauflauf? Gibt es etwas zu feiern?

Ich sehe mich nach Ben um, er streicht gerade sein Hemd glatt, während Hannes ihm etwas Wahnwitziges erzählt, was er immer tut, wenn man ihn trifft. Er kichert über seine Story, Ben hingegen wirkt angespannt, scheint aber nicht verwundert, dass seine Eltern und all die anderen mit Sektgläsern herumstehen, als wären wir auf einer Party.

Bin ich die Einzige, die nicht eingeweiht ist?

Ich nehme meine grundehrliche Freundin in die Pflicht. »Pixie, warum bist du hier?«

»Weil ich dich liebhabe«, antwortet sie ausweichend.

Ich küsse sie auf die Wange und hake weiter nach. »Und was ist mit all den anderen?«

»Lieben dich auch.«

Das ist nicht gelogen, aber auch nicht die ganze Wahrheit, das spüre ich genau. Ich schüttele meine Mutter ab, die mittlerweile versucht, mir einen Zopf zu flechten. »Jetzt mal Klartext!«, sage ich lauter als beabsichtigt.

Wie auf Kommando verstummen die Gespräche. Ich halte automatisch die Luft an. Irgendetwas Großes passiert gleich, das spüre ich an dem elektrischen Knistern im Raum.

Pixie, Zoe und meine Mutter weichen zurück und machen Ben Platz.

Der tritt mit einem feierlichen Gesichtsausdruck vor mich, sieht mir einen Moment lang tief in die Augen und geht dann in die Knie.

Passiert das gerade wirklich?

Mein Herz macht wie zur Antwort einen heftigen Satz, weswegen das Baby anfängt zu treten.

»Willst du mich heiraten?«, fragt Ben jetzt, nimmt meine Hand, zeichnet liebevoll ein Herz mit seinem Daumen darauf und legt dann einen Ring aus Holz hinein.

Mir bleibt kurzzeitig die Luft weg – und der Kreislauf, Sterne tanzen.

Eine barsche Stimme holt mich zurück: »Luisa, jetzt

enttäuschen Sie mich nicht! Mein Herz hält das nicht aus, es ist angeschlagen.«

Und meines quillt über vor Glück.

»Ja, ich will«, hauche ich und versinke in Bens Armen. Um uns brandet tosender Applaus auf, Glückwünsche prasseln auf uns nieder, wir tauchen darin ein, verschlungen ineinander, sind eins für immer.

Epilog

Hör nie auf, zu träumen. Und habe den Mut, etwas zu wagen. Wenn du an dich glaubst, kannst du alles erreichen. Vielleicht landest du nicht dort, wo du ursprünglich hinwolltest. Doch auf deinem Weg begegnen dir neue Chancen, jeder Schritt ist wertvoll und führt dich zu deinem Glück.

Bleib neugierig, sei offen, kämpfe für deine Träume und hör auf dein Herz!

– Brief von Luisa, vierunddreißig,
an ihre Tochter Solveig

Über die Autorin

Alexandra Fabisch, geboren und aufgewachsen in Magdeburg, arbeitete zunächst als Ärztin und Unternehmensberaterin, bevor sie zum Schreiben kam. Sie liebt das Leben mit all seinen Farben, die sie in ihren Büchern einzufangen versucht. Ihre Autorenwurzeln liegen in der Belletristik, sie fühlt sich jedoch ebenso in der Kinder- und Jugendbuchwelt sowie im Sachbuch zuhause.

Printed in Poland
by Amazon Fulfillment
Poland Sp. z o.o., Wrocław

44741796R20129